花城记

展声帆影

黄爱东西 著

花城出版社
中国·广州

图书在版编目（CIP）数据

花城记. 屐声帆影 / 黄爱东西著. -- 广州 : 花城出版社, 2025.6. -- ISBN 978-7-5749-0385-2

Ⅰ. I267

中国国家版本馆CIP数据核字第2025LV8672号

花城记：屐声帆影
HUACHENG JI: JISHENG FANYING
黄爱东西 / 著

出 版 人	张 懿
责任编辑	周思仪 苏葳葳 肖玉泉
责任校对	衣 然
技术编辑	凌春梅
封面设计	杨丹薇
出版发行	花城出版社
经　　销	全国新华书店
印　　刷	佛山市浩文彩色印刷有限公司
开　　本	787毫米×1092毫米 32开
印　　张	7.375
字　　数	106,000字
版　　次	2025年6月第1版 2025年6月第1次印刷
定　　价	49.80元

版权所有·侵权必究。如发现印装质量问题，请与出版社联系。
联系电话：020-37604658　37602954

在巷子里
那时候的我们像一群鸟儿般掠过

非要广州人怀旧（代序）

都在商埠和贸易港口城市，上海人一怀旧就温情脉脉地提起外滩，可是广州人，比如说我，会像才想起来似的恍然大悟地说，噢，那你去逛沙面吧。

上海人会情调精致地带着你泡咖啡馆和酒吧，听和平饭店的老年爵士乐；仔细地告诉你说这是白崇禧的旧宅，白先勇回来看过；那是张爱玲当年住的公寓，胡兰成就是在那里敲门的。上海人会按约会性质的不同精确地领你到装修、背景音乐和风格不一样的地方去，喝咖啡，喝黑啤，吃西餐，吃本帮菜。

而广州人，我们通常还是一如既往执着憨厚地领着你去喝茶，早茶夜茶下午茶，继续请你吃龙虾鲍鱼象拔蚌，午饭晚饭和消夜。如果你要求怀旧，我们也许会在摸着脑袋好一阵思索之后，把你领到一家夜茶的时候唱粤曲的酒楼去。或者，带着你换一家茶楼，一家历史悠久一点的老字号茶楼,继续喝差不多的茶,吃差不多的东西。

如果我在看见你的表情之后心存歉意,我还会领着你去吃别的,吃我们小时候吃过的东西:通常南信的双皮奶比较容易接受,但是禾虫和龙虱?!一群五颜六色、肥胖蠕动的小肉虫和一些乌黑锃亮的水蟑螂,会让非广州的朋友们瞪着眼睛,在受到震撼之后对在下重新评估。尽管这人兀自还在旁边不甘心地说,滋阴的喔,补肾的喔……喔。

我们还会恍然大悟地带着你去看看西关的大屋,指着人家家门口说,这就是著名的三件头趟栊门。可是,这是谁的旧宅,谁又曾经在谁的门口敲过门,我们可说不上来——有什么不一样呢?总归是旧的就是了。

其实广州人没什么大变化,从前吃的现在还在吃。我们的怀旧情结仍然在吃的上面:豉油糖煮猪肠、五花肉蒸咸鱼、面豉炒豆角和番茄煮红杉鱼,统统是怀旧菜式。不知是谁在哪一天忽然想起了那些过去的滋味,于是茶楼食肆的菜牌上又开始有这些从前吃惯的家常菜,大家点上桌大吃一顿,也就算是捧了场兼怀了旧。

吃到久违而且怀念的滋味,而不需要任何其他的道具,你能说这不是实实在在的幸福?

广州人极少在今天的世界里做过去的梦，我们天天生活在旧里。新旧的交替是暧昧的，爱恨的纠缠也是含糊的。粤曲里似乎有一句"是谁把流年暗中偷换"，换来换去广州人还是不泡咖啡馆。咖啡馆太新，没人会坐在咖啡馆里想过去的好日子和好吃的。谁要打算结结实实请一顿客，如果提议去咖啡馆或是西餐馆，多半会被人嘘的。

广州人怀起旧来，是一边坐在陶陶居一边说这里一度以白云山的九龙泉水泡茶招徕食客，一边吃着碗里的云吞面一边说过去一两面团切成三十二块云吞皮，一斤面粉五个鸭蛋的云吞面如何爽韧、细滑、"弹牙"，一边夹着碟子里的白切鸡一边说从前的走地鸡更有鸡味；是一边住着永迁的房子一边说那时大屋的青砖，一边用着夹板做的家具一边慨叹那时候的好木料和好手工。带着淡然甚至于漠然的表情，说着很实在的切身的过去。

……没有人会提到气氛。那是一种虚无缥缈的什么，背景音乐？肯定不是铜管里吹出来的"吵吵闹闹"的、"什么都混杂在一起"的声音。旧的广州背景音乐是有一句没一句的咸水歌、龙舟调、南音、粤曲，或者童谣和叫卖声。那样悠闲滋润的日子，偶尔夹一句粤剧花旦尖锐的念白，又或者《万恶淫为首》中乞丐颇为警世兼语重心长的一声叹息。

最近的背景音乐也是《旱天雷》和《雨打芭蕉》，再不然是《饿马摇铃》。如果一定要"怀旧"，广州的"旧"一经发掘，完全像一则没有恶意的恶作剧，开玩笑似的就跑得太远了。

在上海的洋泾浜英语快成了老去的笑话时，广州人的广州话里还是有上千年前的中州古音，还是有上百年前的广东英语。广州人仍然不说"扳手"，而说"士巴拿"。至今香港出的最新通胜（即皇历）里，最后几页还附着一串广东英语的单词表，上面详细注明，中英文对照之后还有一列中文，那就是可以用广州话说的广东英语。

我们的旧在饮食起居、言行举止一直浑然不觉地延续下来，即便不一脉相承也起码是藕断丝连，中间没有斩钉截铁的断层——这让我们如何手搭凉棚回首眺望兼无限想往深切怀念？

广州人说，"潮流兴怀旧"，对"怀旧"一词的界定接近一款时髦的外套，而不是情调。如果对过去的好日子有些许的眷恋和轻微的惆怅，广州人觉得这是在个人情绪上的小小波动，是一桩私隐，不太会拿出来仔细把玩并公之于众。如果这种情绪偶尔泛滥到了饭桌上，那么他在慨叹时的表情也是淡漠的，并且绝不会忘记在最后加一个释然的尾巴，诸如"日子总是这样过去""天下无不散之筵席""风水轮流转"等，以示他的感慨并不太严重，轻描淡写地带过这个话题。

对于广州人来说，问题不在于是否怀旧，而在于我们其实一直是旧。初一、十五广州寺庙里的鼎盛香火，各路神祇和祖先的牌位供奉，酒席上的新娘除婚纱之外、或不穿婚纱也一定要穿的红色褂裙，清明时分公安局大动干戈地进行交通管制，如临大敌般疏导数十万"拜山"（扫墓）人群，统统是旧。

如果非要我们说旧，我们就会说起唐装马褂和香云纱，西关大屋和顺德妈姐，在艇上卖的艇仔粥，在巷子里踢踏作响的木屐。咖啡馆对我们来说一直是新事物，爵士乐也一直是，广州人生活中旧俗里没有的统统都是新事物。

不不不，你永远不能让广州人坐在咖啡馆里怀旧。唉，还是放我们回茶楼吧，让我们对着一盅两件，才有可能细说从头。

  我们的旧，是我们天天喝的例汤和茶。当一个广州人舍咖啡而要喝凉茶的时候，你根本无须知道他是否怀旧，他本身就是旧。

2025年1月

目录

辑一

旧屋·骑楼·上下九 / *3*

屐声 / *14*

帆影 / *20*

茶楼 / *28*

花市 / *33*

巷里的零食和叫卖声 / *38*

辑二	跳板、桥梁、窗户和"好屋基" / *47*
	旧时风月 / *55*
	从前尼庵 / *68*
	那些寺庙 / *80*

辑三	"五羊传说"的版本及五仙观 / *91*
	再老一些的广州 / *96*
	处处是层楼 / *100*
	神乎其辞的事 / *104*
	从越王墓到三元宫 / *108*
	粤人 / *114*

辑四

之所以叫西关 / *121*

荔枝湾和荔湾区 / *124*

白荷红荔泮塘西 / *131*

"一叶轻舟去,人隔万重山" / *136*

八音班与"师娘" / *143*

女伶们 / *145*

"可怜七月落薇花" / *149*

关于粤讴 / *152*

西关大屋里的顺德妈姐 / *155*

辑五	住唐住蕃　光塔怀圣 / *163*
	"家僮必得黑厮"的"黑"历史 / *168*
	外国人眼中的十三行 / *176*
	富商们 / *180*
	浩官的故事 / *189*
	那条叫怀远驿的小巷 / *195*
	十三行的街和巷 / *198*
	十三行街上的寓言式奇闻 / *201*
	白花花的银子 / *204*
	逛一通沙面 / *209*

跋 / *215*

辑一

西关大屋　上下九　茶楼

花市　帆影　深巷　木屐

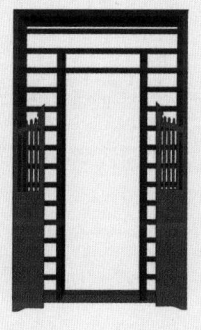

旧屋·骑楼·上下九

提起老房子，广州人是不太怀念和景仰西式建筑的。尽管沙基、西堤一带的西式建筑全是近代欧洲新古典主义风格建筑，沙面岛上有一百多座欧式建筑，广州人仍然固执地怀念和提及西关大屋——这是上百年来深入民心的豪宅概念。

因为广州人的固执，西关大屋是最著名的，所以即便不是广州人，若提老广州，也知道有"西关大屋"。如果把广州人换成上海人，恐怕情形就会不一样，也许他们对沙面和西堤的旧洋房会更有兴趣。

旧 屋

从清代同治、光绪年间开始兴起的西关大屋，是富商巨贾和洋行买办阶层等新兴富豪的住宅，特征是以石脚水磨青砖砌墙，正门有短脚吊扇门、趟栊、硬木大门为一套的三扇门，入内三间两廊，中间是主厅堂并设后花园的特色布局。

广州民谚"西关小姐，东山少爷，河南地痞"里的西关小姐，准确来说应该是指住在这种豪宅里的大富人家的千金小姐，而不是住在西关的女孩就是西关小姐。

广州西关大屋，一般拥有正间和左、右偏间，并附青云巷，部分辟有独立花园。西关大屋的进深很大，分门官厅、轿厅、天井、神厅和后座的内厅、内房等，厨房设在尾端，总深度在25米左右。一般大屋以正间为出入门户，行经过门官厅、轿厅、天井、神厅等约10米的深度，才进入第二进及第三进的内厅房（主人的起居室和居室）。偏间一般由正间天井位的过廊设门相通，前端为对朝厅，与天阶内院连接的是花厅，以后才是内厅房。厨房一般与通天相连。房屋分区功能合理，使用时，相互干扰较少。

在民间的传闻中，西关大屋的兴建很夸张，传说青砖墙铺砌所用的不是水泥，而是以糯米饭拌灰浆，所以砌出来的墙没有一丝缝隙，而且传奇之处在于，即使是现在设想一下用一锅一锅煮好的糯米饭拌灰浆砌墙，糯米的消耗量也是惊人，更何况是在粮食矜贵的从前。所以这个传说一直是老一辈人向小孩们说故事时津津乐道的一则。

砌好砖墙之后还须在外面再贴一层水磨青砖，这种面砖贴上去之前就要先用人工打磨，所以西关大屋的青砖墙永远是平滑的。

大屋里有天井花园，有鱼池养金鱼，可以种树；还有青云巷，青云巷通常连着小门。一间大屋大得里面还可以有小巷子，小时候的我们觉得是非常非常大了。据说这些大屋里面的青云巷的功用在于营造穿堂风，便于交通、排水之类。另外，开小门方便仆佣出入。

西关大屋屋檐高，进深大，装修异常讲究。当年的富贵人家，客厅里放的是整套的名贵酸枝家具。

对细节恣意、奢华、任性地讲究是富贵人家共通的特点吧，小时候听街坊细数过当年某间大宅，短脚吊扇门用的是什么木，趟栊门用的又是什么木，而那两扇巨大的硬木大门——因为他做了一个严肃的表情，让我依稀有印象，好像是什么坤甸木。

念小学时我们的学校应该就是一间西关大屋，拆掉了吊扇门，但趟栊门和大木门仍然巍然。早上常常要站在门口等开门，我们等得无聊的时候会在门口旁的青砖墙上磨我们的铅笔。

有时候碰巧小门没锁，我们就穿过那条青云巷跑进去。

里面从来是冬暖夏凉的，再热的天跑进去，只觉陡然一阴，有些许凉意。大屋里面的间隔基本上已经被打掉了，隔作教室，但楼层是很高的，在里面可以隔两层。有一年我是在二楼的教室上课的，即使是二楼，屋顶仍然很高，更别说从地上一直到屋顶的高度。

那座大屋的天井颇大，学校除了在那里放双杠和单杠之外，后来还建了个不太标准的小游泳池。我们的教室就在游泳池的旁边，还有个窗户，别的班上游泳课时常常有水溅到我们坐临窗座位的人的身上和书本上。前两年我曾经饶有兴致地领朋友去看我的小学，说那儿就是西关大屋，结果去了一瞧，瞠目结舌，小学仍然是小学，可是大屋早就被夷为平地做了个大操场，而教室是新建的。我站在那里呆了好半晌，错愕得说不出话来。

而其他的一些西关大屋，早在我们小时满街乱窜的时候就挤挤挨挨地住了许多户人，根本看不清有多大。当年有个教我琴的老师就住在那种大屋里，足有八九户人家挤在那儿，家家搭阁楼，甚至有人还在那儿养鸡，进到那里，黑乎乎的，而且异味扑鼻。

一直到后来，有些西关大屋才落实政策还给业主，而住户慢慢迁走，大屋又颇为修葺了一番，恐怕看起来的感觉会完全不一样了。据说，原来是有一千多座（也有说是八百多座）这样的西关大屋的，后来只剩下几十座。

西关大屋一直为富豪人家所居，平民百姓寻常人家根本住不起。严格一些来说，其实大部分的老广州人家是没有住过西关大屋的。上百年了，这样的豪宅也不过是一千多座。而西关大屋的著名，根本上在于它一直是一则富足生活的传奇和榜样。

更多的老广州人家，住的是一种叫"竹筒屋"的民居，也就是现在广州话里所说的"眼镜房"。我的小同学里，不少人的家就是这种"眼镜房"。这种房子，通常不宽，但很深，进深通常在12米以上。一进门就是客厅，旁边是一条长长的走廊，房子的最后面是厨厕，而卧室则在厅和厨房之间，通常用满洲窗间隔。因为在布局上看，厅和厨房活像眼镜的两个镜框，而那条长走廊则像连接镜框的眼镜架，所以这种房子又叫"眼镜房"。

楼下临街的"眼镜房"，大门也颇似西关大屋的"三件头"，有吊脚扇门、趟栊和大木门，从外面乍一看很容易和西关大屋混淆，只是进得门后整个房子的宽度仅比大门的宽度略宽，里面的结构就是"眼镜房"的格局。

大木门平时是开着的，只有在全家都出门或睡觉的时候才关上。所以，只要大木门没关，屋里肯定就有人，要不然就是出去买菜什么的，走得不远，等一会儿人肯定就回来了。小时候时常在上学的路上隔着趟栊喊一声，小同学就会跳出来，一同上学去。但这种房子从前是没厕所的，在没有了"倒夜香"（广州人管当时推车沿途收集各户马桶脏物的行当叫"倒夜香"）这一行后，常常要去公厕。

不在地下而在楼上的"眼镜房"，大门就不是"三件头",但格局是差不多的。这一类的"眼镜房",屋顶还是很高,天热时颇为通风透气,只是印象中,夹在客厅和厨房之间的睡房采光不太好——所以间隔的时候不砌墙而用半木半彩色玻璃的满洲窗吧。

骑 楼

老广州的建筑,出名的还有骑楼。

在商业区,人行道是半室内的,建筑物从第二层起是跨在人行道上的,楼下是人行道,人行道的里面才是商铺。据说,这是南欧建筑和广州特色的产物。在热闹的商业街上,一幢幢的骑楼连起来,就是一条半室内的长廊,你不必担心日晒和下雨,可以在那里一直从马路的这头逛到那头。小时候放学跑到上下九去玩,遇到骤雨也从来不怕,在骑楼下面窜来窜去,根本不用雨伞,跑回家去也不会被淋成落汤鸡。

骑楼的楼上住人。我一直觉得住在那上面的人家天天对着热闹的马路,晚上窗外闪着各式招牌及广告的灯光,很能领略或者深谙闹市里灯红酒绿的繁华意味。

骑楼建筑最多的，是第十甫和上下九。那里曾经被围起来施工，围布撤下之后所有破旧的骑楼外观被粉饰一新，粉黄粉红，装上崭新的木嵌彩色玻璃的旧款高窗户，大概是要重修重现当年西关的特色景观。只是簇新得太过，好像要喜滋滋地粉墨登场，叫人哑然得不知道说什么才好。哎，还得耐心地再等一会儿，等它们再旧下去。

上下九

上下九和第十甫，一直是西关人熟悉的商业街。若在人民南路和上九路路口开始由东往西走，你可以沿着上九路、下九路、第十甫路一直逛到恩宁路口。小时候我们通常从第十甫开始逛。

小时爱吃，而那时候第十甫商场是天底下零食最多的地方，各色的果脯、奶糖和水果糖以及巧克力，家里煲汤用的各式干货海味，罐头、调料如油盐酱醋等，那儿啥都有。

曾经，十甫商店旁边是陶陶居。我们通常站在他们的饼柜前面发一会儿呆，斜对面是好吃的南信双皮奶，南信旁边是琳琅照相馆。这时候我会情不自禁地过马路，去吃一碗南信的双皮奶，又或者是凤凰奶糊、姜汁撞奶。

往前走还有趣香饼家，你可以去买上一块刚出炉的鸡仔饼或者蝴蝶酥。再往前走是前进戏院，那要等大人买票领我们来看。

而前进戏院旁边又有欧成记面家……如果口袋里有足够的零花钱，我通常早已在沿途吃下各式小吃，最后在广州酒家斜对面的那家冰室里，以百上加斤的"无畏精神"，被一个最好吃的红豆拌雪糕，撑得脑满肠肥。再经过皇上皇腊味铺时，就看着那些整条的火腿和一串串的腊肠直打饱嗝。

如果再往上九路走，那儿基本上是鞋店和百货店，妇女儿童商店、永安公司之类，通常我就往回走了。

有时候从第十甫就直接逛到宝华路去了，在参观完了第十甫的零食柜，看到我一直想吃又不够钱买的一些糖果零食和巧克力依旧安然无恙地待在商店的玻璃缸里之后，就去宝华路上看伍湛记的伙计卖生滚粥。

以前宝华路上还有一家老铺子，叫"足安斋唐鞋"，一直在那儿卖"伯父鞋"（老头鞋）。小时候我常常狐疑什么样的人会买这种怪样子的鞋穿，长大后听说那是驰名中外的"唐鞋",全手工的,穿起来特别舒服。除了老西关人特别爱穿之外,一些武术拳师和华侨也喜欢。常常有华侨特地托人回来买,因为这种鞋,只有这儿还做。这家店的门面一直小得不能再小,那种鞋的款式是真正的五十年不变,但铺子现在好像已经不在了。

宝华路再往下走,是顺记冰室。小时候它叫椰林冰室,后来重新改叫顺记,说那才是本来的名字。顺记的鲜椰子雪糕最出名,设外卖,香腻到了非常解恨的程度,而鲜香芒雪糕则程度稍轻,很香滑。小时候广州只有这家店卖蛋筒雪糕,蛋筒是用鸡蛋和面烘出来的,可以吃,稀罕得很。

据说上下九、第十甫最繁华的时候是在抗战胜利后的二十世纪四十年代中期。

当年的上九路北面多为金铺,南面是花纱棉布庄。而下九路的北面大部分是鞋店和床上用品,较出名的鹤鸣皮鞋店、吴志记小圆头礼绒鞋、潘常兴胶鞋等二十多家鞋店和"大吉""大喜""福生"等床上用品店,南面则是十多家绸缎店。还有出名的"纶章""仁章""同章""上海""天生"等百货店,"三凤粉庄"化妆品店,"三红""雪红""华南""亚洲"等为迎合太太小姐照相怕被人看的心理而设在楼上的摄影店。

第十甫则以食肆居多,有"百步必有小食"之说,粥、粉、面、甜品、点心、冷饮、油器食铺星罗棋布,我小时候乱逛的莲香楼、陶陶居、趣香、欧成记、伍湛记什么的早就在那儿了。

大概是因为小时候爱吃,至今有外地朋友来广州玩,如果逛到上下九,我还是会领他们沿途乱吃,全然不顾或者是完全想不起来人家还有购物的任务和要求;而自己跑回那里,也还是为了吃。有一首流行歌曲,作词者是和我们差不多同龄的北京才子,歌词里说"我像每个恋爱的孩子一样,在大街上琴弦上寂寞成长"。倘若他成长的地点换到广州,恐怕就会和当年我们这些广州的孩子们一样,在大街上小吃里寂寞成长。又或者,热闹成长。

屐 声

完全不知道该怎样去述说那个存在于记忆之中或者是想象之中的老旧广州。

在二十世纪八十年代广货和生猛海鲜蔓延于内地大城市之时，曾经有上海人不平地说，在他们上海是个不夜城的时候，"那时候，香港是个什么东西？"而"广州，连东西都不是"。

这话有点儿搞错了。是不是个东西暂且不论，但在二十世纪初的二三十年代，广州仍然是华南地区最繁华的城市。后来，日本人来了，事情才开始变得糟糕起来，而上海那时候，成了沦陷时期的孤岛，只有娱乐业仍然是畸形地繁荣。据准确考究的说法，当年上海最好的时候，也就是在二十世纪二三十年代。

另外,广州人对于自己在别人的评价中是否有品位,甚至是不是个东西,相对来说是漠然的。在辩论和意见开始变得复杂或者认真起来时(如果他们肯和你辩论的话),他们往往用一句话就把跑远了的话题拉回到很实际的事情上来,而这句话通常会是:不过是为了赚钱。

不论这句话是老实的招认抑或只是个含糊带过的借口,它避免了很多解释和分辩的麻烦。

很多的广州人觉得惹起观念方面的争论是不必要的,诸多的论点和论据只会愈描愈黑,他宁可简洁地说,只是为了钱。他本能地拒绝再和你解释做这件事情更深一层的理由和目的。

不知道这是一种从什么时候开始流传下来的生活智慧,这种处理的办法往往让事情变得简单——在面对一个财迷的时候,你的防范之心总会比面对一个政治家要少得多。

而实际上我们也不过就是在赚钱和花钱,为什么要把事情搞得那么复杂,非让人把你当成政治家、哲学家或者是别的什么专家来对待呢?而且,也没必要为赚钱和花钱找一个特别花里胡哨的理由。

然而正如上海人喜欢爵士乐和泡咖啡馆，老旧广州的情调也是有道具的。在没有了当年长堤边上大新百货公司的天台游乐场，没有了茶楼里唱曲的师娘女伶，没有了陈塘东堤的大寨和艇上烟花，没有了下九甫绸缎庄的今天，如果摄影师想用最简单的办法在报刊上再现老旧广州的风情，那么他可以去找一双木屐，让一个凹目厚唇蜜糖肤色的女子裸足穿了，到西关找一条麻石小巷或走或站。巷子里老人们打量来人的那些漠然的老脸，是很好的背景。

似乎张爱玲小说里形容过上海女人是粉蒸肉，粤女是糖醋排骨。

蜜色的皮肤和偏瘦的身材，都是糖醋排骨的特点吧？据说抗日战争时期和解放战争时期，很多上海的有钱人跑去香港，那时候的上海太太们作兴痛恨那些抢走了她们男人的"糖醋排骨"，二十世纪五六十年代之后，又和广东的女人一起痛恨台湾女人。

那时候的广州女人，就是穿木屐的。穿着木屐的广州女人，想来是非常有住家风范。穿过街巷去买菜，静静地、有条不紊地在厨房里料理膳食，总是露着干净的脚踝，利落清爽地走来走去，每走一步都伴着或安稳或轻俏的嗒嗒的声音。

——只是一双木屐。

那是一种很特别的风情，甚至……性感。

其实旧时广州的男女老少都有穿木屐的习惯，只是男人穿着总有些邋遢相。后来他们穿人字拖，更加可怕。

穿木屐也不是哪儿都能去，办正经事的时候还是要换上正经的鞋子，只是广州人随便，自己去吃饭喝茶时也就这么去了。不过，赴别人的筵席时他们还是会更衣换鞋的。

有外地朋友投诉说至今仍赫然地看见广州人穿着睡衣拖鞋满处乱走，追问之下，通常他们是在老城区看见这种奇景的。我就告诉他们，他们所看见的那些拖鞋睡衣人士肯定家就在附近，而且当时肯定不是去办正经事。从前的广州人也只在他觉得熟悉和放松的环境下穿拖鞋和睡衣，街坊邻居和小铺的摊主都是熟识的。我说："你们就当是西关风情看吧，现在已经很难得见到了。"

记得在二十世纪七十年代初，我的渴望之一仍然是一双小木屐。实在想不起来当时我到底是拿着奶奶给的几分钱还是几毛钱了,跑到山货店里去,在一大堆木屐里一下就挑出了那双黑底描绿花的漆面小木屐,上面横钉着一块透明浅绿的软胶。当时比得了灰姑娘的水晶鞋还高兴,每日穿了它和邻居的一帮小孩在街上飞跑,发出一片噼里啪啦的脆响。

当时那种硬底的木屐,每个小孩都有本事穿了它飞跑而不摔跤,顶多也就是跑得飞掉了一只,回头捡了套回脚上,又开始飞跑。

现在回想起来,那时候的生活是安静的,街巷里时常飘来别家的饭香,或者是汤的气味。也就是偶尔孩童们在巷子里追逐奔跑时带过一片杂乱的声音,像鸟群低低地飞过,而你听见了它们噼噼啪啪的拍动翅膀的响声,一下子过来了,然后倏地又远去了。

而时间似乎也就是这样,倏地就远去了。不知道是什么时候,有一天,一阵杂乱的屐声从远处响起,惊天动地噼里啪啦地从门前经过,逐渐跑远之后,就再也没有了。你以为你仍然会每天都听到那么一阵子喧闹,可是,它突然消失了——就那样一直地跑远了,从此再也没有回来。

有很多你生活里熟悉的东西,都是这样,不知不觉地，不知道在哪一天它就再也没有回来，消失得无影无踪。等你蓦然发现的时候，你只看到了岁月的影子。

而今天，我只能坐在家里惊诧地回想着，那时候的我们竟然可以穿着那种木屐在大街小巷里那样地飞跑，像一群鸟儿般哗然掠过。

有时候，隔着时间的河流，远远地看见某个奔跑中的孩子，忽然转过身来，回跑几步，拾回他飞跑时飞脱的一只木屐，套回脚上，又开始飞跑着远去。

帆　影

很喜欢屈大均《广东新语》"船帆"条里的这一段文字:

广州船帆,多以通草席缝之,名之曰"悝"。其方者曰"平头悝",顺风使之。其有斜角如折叠扇形者,逆风可使,以为勾篷。勾篷必用双悝,前后相叠,一左一右,如鸟张翼,以受后八字之风,谓之"鸳鸯悝"。舟人有口号云:"鸳鸯双篷,使风西东。"

不是因为怀旧,而是因为这段文字看起来像武侠小说。身为流行小说的热心读者，我的阅读口味一直让有识之士微皱眉头（因为是有识之士，所以是"微皱"，不是"大皱"），可是……"勾篷""如鸟张翼"，还有"鸳鸯双篷，使风西东"，那不是武侠小说又是什么？

还有呢，"上水者篙人在水中，下者桨人在舟中……故谚曰：'上篙下桨。'"咦，立时想起天地会众英雄，对之以"反清复明"。

又有"篙直如箭，船石不见。篙曲如弓，船石相舂。"屈大均的《上泷谣》歌曰："上泷下泷舟不同，双船与石相争雄。"又即时印证到"浪里白跳"和阮家兄弟身上去。如此这般"九不搭八"下去，恐怕很快就要祭出"天王盖地虎，宝塔镇河妖"。

让人想起"壮士断臂"的则是洋船桅："洋船桅，其巨者一桅费千余金。"很贵的一件宝贝，可否当兵器使？"每洋中风狂，船将覆没"，在这千钧一发的紧要当口，"以刀顺风势斩桅，桅大者合两人抱，皆立断，如鸿毛飘空"。哗，好武功，精彩之处，船桅"立断"。

然而，还没有完，高潮过后还有一个回味而惆怅失落的收梢："船人以桅为命，桅既断，则船随风所至，得至岸者无几矣。"唉……热闹看完了,毫无心肝地。因为是洋船,所以觉得可以是"壮士断臂"的好莱坞版本,还可以是斯皮尔伯格的大制作,又或者是煽情的《泰坦尼克号》,只是没有女主角。

四五十年前,广州有过四种艇——紫洞艇、游河艇、住宿艇和过海艇。

紫洞艇,是一种酒舫。广州人除了在家庭或酒楼设宴之外,有时也在紫洞艇宴客。紫洞艇内像一个长方形的厅堂,船舱高敞,面积大小可容两三席酒。

紫洞艇泊在河面,夏日凉风习习,且装置优雅,两面饰有玻璃窗,十分明净舒适。遇月夜在艇头小宴,更为惬意。

紫洞艇各有题名,如"银波""印月""清风""帆影"等。各以水上名厨、生猛海鲜及独特菜式招徕顾客。当时紫洞艇有二十多艘,泊于东堤、荔湾一带,尤以东堤为多。

游河艇,分"四柱大厅"和"洋板"两种。

前者四柱一篷,四面通达,可以观赏两岸景色。艇舱可坐十人左右,由一女船娘在艇尾操双桨驾驶,多泊于东堤。东南西北,游客可以指挥自如。

"洋板"头尖,有大小两种:大者有篷,珠帘掩映;小者无篷,潇洒玲珑。船家站艇头撑篙,也备有单桨,供游客即兴之用,所谓"画船士女亲操楫""水窗明瑟共衔杯"。

此种"洋板"多泊于荔枝湾桥头,游客一到河边,船家即纷纷抢着叫道:"叫艇呀?游河呀?"招客下船。艇租以时间计算,每小时一元左右。"洋板"多沿着荔枝湾游览。河上有卖小吃的小艇,游客可以吃到真正的"艇仔粥"和水灼鲜虾,边吃边谈,十分惬意。有兴致的还可以直出珠江,"纵一苇之所如,凌万顷之茫然"。

住宿艇,泊于长堤一带,也以东堤为多。住宿艇是一种小艇,艇中心即为床铺。艇租与下级旅店相近,而颇为整洁。四乡来省城的旅客,多喜欢住此小艇,但有时亦为窝藏"野鸡"(妓女)的所在。

过海艇,通常叫作"横水渡"。广州人叫过河为"过海",有一种说法是在很久很久以前,广州原为海边,而"河南"(指珠江以南,即今海珠区)是一个岛,所以如此称呼。过海艇有两排座位,每艇限坐十人,每人收费一仙（铜板）；但如果你身上没钱，也可以免费过海，只要你下艇时声称"搭艇"即可。"搭艇"是在十名人数之外，限搭一人，不能多载。沿长堤有四个埠头：大钟楼过大基头，西濠口过金花庙，海珠南过海幢寺，五仙门过垒口等地。

由于社会变迁和发展，浮家泛宅的水上人家都已迁居陆上，不再以艇为生，现在这四种艇都已经没有了。

据我的父亲回忆，当年那些撑艇的全是疍家妇女，旧时广州河南河北之间的珠江上只有一座海珠桥，很多人"过海"还是搭艇的，有些人还挑艇坐。划艇的船娘若长得好，会多些人愿意坐她的艇。至于疍家艇上的男人，恐怕是上岸打工，晚上才回艇，反正是没有男性划艇的。

有一些人的小艇会漆得花花绿绿漂亮些，大概就是那种小的"洋板"或者是"花艇"，从市二医院旁的那条涌一直驶去海角红楼游泳场。记得我小的时候那条涌平时已经很有臭水冲的味道了，但端午珠江涨潮的时候，还在那边见过锣鼓喧天，热闹地划龙舟。

划艇的疍家女，基本上是一身黑衣，长裤的裤管略短且宽。我一直认为后来时髦的裙裤和七分裤的概念来自当年疍家女们穿的那种黑裤。她们在艇上是赤脚的,我小时候见过她们到岸上时穿木屐,印象中是那种最简单的屐,木底,横钉一块黑胶皮。再后来是人字拖,最后才是胶拖鞋。

小时候在滨江东路的广州电池厂宿舍住过一阵,据说周围的其他楼房都是水上居民迁居上岸的宿舍,大人们还说,这件事是周总理亲自过问的。不过那时在江边还可以看到住家艇。直到我念大学时,珠江游泳场那边还停着一小片黑压压的艇,艇中间是床铺,艇篷是沥青纸做的。

一直觉得艇家的船铺是洁净异常的,木头常年被江水擦拭得木纹清晰,暗暗地发出岁月的光泽。艇家的小孩远远地看过去是好玩的,黑黑胖胖,身上总绑着一块浮木什么的。艇家在艇头或艇尾(实在是记不清了)开始做饭时,我常常盯着他们随手在江里淘米洗菜,觉得那实在是方便极了。

念高中的时候家里搬到中山八路,听说马路对面(中山八路东侧)也是住着上岸的疍家,党恩新街那一片全是,而且,就因为这样,那里才叫党恩新街的,艇家们感谢党的恩情。

现在想起来才觉得有些趣味。大概是因为巧合,我有相当长的一段时间是一直隔着一条马路饶有兴趣却毫无目的地注视着他们,从江上到陆地上。

《广东新语》里描绘过疍家,说清时的疍家若男的未婚就在艇尾摆一盆草,女未嫁则摆一盆花,但我在小的时候从来没见过。又说疍家"其女大者曰'鱼姊',小曰'蚬妹',鱼大而蚬小,故姊曰'鱼'而妹曰'蚬'云",这也是我所不知道的。但广州人家的女孩,叫"妹",小名"妹头"的一向不少,名字里有"笑""开""娣"也是常见的。小时候带我玩的邻居姐姐们很多是这样的名字,所以看到这些资料我也不觉得陌生。

据说从前的疍家是"贱民",不许上岸居住和置立家产,不许和岸上的人通婚,上岸也不许穿鞋,终生只能住在艇上。现在看起来就是一段匪夷所思的历史了。他们在岸上生活时,我从来不觉得他们和我们有什么不一样,而且我记得小时候还看过夸疍家女子因为长年划艇,所以身材健美的文章。现在想起来,换成今天的说法,那应该是"丰胸盛臀",是非常令人羡慕的一件事。

念大学时,因为学校的北门靠近珠江边的一个码头,所以常常坐渡轮过长堤。那时候晚上间或还有一两艘小艇泊过来长堤的岸边卖炒田螺，光顾过一两次，但艇仔粥是没有了，只记得艇家问我们要不要吃炒粉。

珠江游泳场附近住的那一片住家艇，听说在一场大火过后就绝迹了，那些最后的水上居民们大概已经彻底地迁至岸上居住。

如今看着小时游过泳的珠江，涨潮时可以跑出去玩水的滨江东路，已可以煞有介事地说一句：往事如烟。

父亲说，如果还希望看到帆船，可以去黄埔，或者还会有，但恐怕也是机帆船。我说，那帆恐怕也是破旧得很不堪的了。

茶楼

如果愿意的话,广州人是可以一整天都泡在茶楼里的。就像那个关于旅行的笑话一样,早上五点半到中午十一点是喝早茶和吃早餐的时间,十一点到下午两点半是吃午饭,两点半到晚上六点喝下午茶,六点到九点吃晚饭,九点到十二点喝夜茶,十二点到凌晨三点是吃夜宵。不要说去各处参观游玩了,你甚至连睡觉都没时间。

当然实际上没有人逼着你这样子从早吃到晚。这种营业时间只是实实在在地方便了广州人——什么时候饿了什么时候吃。广州人到外面去旅行,最困惑的就是一旦错过正餐时间,就到处都找不着吃饭喝茶的地方。曾经有两位女友在过年的时候跑去延安旅游,兴致勃勃地"要和延安人民一起过年"。结果回来后说,过年时分那里所有的铺子都关了门,连饭馆也不例外。她们最后是闯到老乡家里去要吃的,真正地过了一个"革命化的春节"。

长期住惯广州的人根本想不起来要担心错过开饭的时间。逢年过节是所有大小酒楼食肆最兴旺的时候,而平时,如果吃厌了茶楼饭馆,他还可以去五花八门的小食店。

从前广州的茶楼和酒楼是分得很清楚的。虽然现在你可以去茶楼吃午饭,而去酒楼喝夜茶。但从前广州的茶楼就是茶楼,只经营早午茶市、点心和龙凤礼饼,不经营饭市,不包办筵席。而酒楼就是酒楼,只经营饭市、随意小酌、包办筵席,不做茶市和点心。

说得再简单一些就是,如果在八十年前的广州,若你要一眼就分辨出茶楼或酒楼,你可以看他们店里的柜子——设饼饵柜的,是茶楼,喝茶;设烧腊柜的,是酒楼,吃饭。最早把酒楼和茶楼一起开的,是陶陶居,据说当时还颇费了一大番周章。

说起老广州的茶楼,你可以去看看陶陶居和莲香楼;而说起老广州的酒楼,你可以去看看广州酒家、大同酒家、大三元酒家。它们都是出名的老字号。

当年广州的茶楼,一般是三层,楼底高,窗户多,通风透气。茶楼做点心的工场厨房在二楼和三楼之间,这样,端到二楼三楼的食客们桌上的点心才会同样地热腾腾。

陶陶居至今让人神往的是当年以白云山九龙泉水泡茶:每天用人力大板车到三元里接载白云山九龙泉水,拉入市区后,改用数十人以红色扁担挑红色木桶,桶上漆着"陶陶居""九龙泉水"字样,列队过市。所谓"陶陶烹茶,瓦鼎陶炉,文火红炭,别饶风味",传说是用红泥小火炉,烧乌榄核做炭,瓦茶煲内沸煮九龙泉水,茶盅内装着各人自选的名茶,专人侍候于房中雅座,茶靓水滚。鲁迅在1927年3月的日记里说:"十八日,雨。午后同季市(许寿裳)、广平往陶陶居饮茗。"

陶陶居的斜对面就是莲香楼。从前,一到卖月饼的时候,这两家就开始拼得不亦乐乎。印象中莲香楼那很高的天花板上总挂一盏巨大的莲花形吊灯,小时候第一次听人说起《宝莲灯》那出戏,立时就插嘴:"是不是'莲香'的那种灯?"当然不是。那也算是小时候闹的笑话了。

据说莲香楼是在清代宣统二年（1910）开业的。清末秀才谭颐年留下了这副对联："莲味香清，镇日评茶天不暑；香风遥递，谁家炊饼月方圆。"到现在，莲香楼的月饼盒子上还是印着"莲蓉第一家"几个字。

不知道那时的莲蓉和现在的莲蓉有什么不同？或者应该问那时候的月亮和现在的有什么不同——似乎更有些落寞的意味。可是，那里一直是热闹的，直让你想问他们，那时的莲蓉双黄月饼，那咸蛋黄是不是个个都出油？

而前一阵子的报纸上还报道说，每逢周一、三、四、五、六下午两点，如果你去陶陶居喝茶，就可以听广州唯一的一个"讲古佬"在那里开始讲故事："话说过去西关有一首歌谣——人好你话好，不知花和草，行到第一津，完全无晒甫……"

现在的陶陶居三楼，也有一副对联："陶潜善饮，易牙善烹，恰相逢作座中君子；陶侃惜分，夏禹惜寸，最可惜是杯里光阴。"

老字号茶楼的生意不会做不下去，可是也不见得会特别火爆。一个广州人要喝茶、吃饭，通常会找附近一家自己熟悉和觉得不错的茶楼、酒楼，如果没有特别的原因，很少会因为那是家老字号就专程上那儿去。

广州人很少把老字号供起来。除非，那儿传说中好的东西到现在仍然是特别好——不过，也就是多去捧几次场。

在电话里和朋友聊天时问："陶陶居现在是否还以九龙泉水冲茶待客？"朋友想了一下，哈哈大笑："你为什么不直接打电话去问他们，猜猜看他们会怎么回答你。"终究是没有去问。因为，广州人的旧，是生活方式的旧，他们一直在一成不变地喝他们的茶，和那家茶楼的新或者旧，并没有什么太大的关系。

花 市

旧时过年前的广州,没有比花市更热闹的去处了。简单地说,那是庙会的广州版本。

有说唐末南汉的时候广州就有花墟,明朝的时候形成花市;也有说乾隆盛世的时候,广州就有除夕花市了。

广州四季都有花,平时常有花农担着花到菜市场,花和菜是放在一处卖的。而旧时主妇们买菜时,时常也就顺手买一把花,回来插在花瓶里。

按说在广州,花是不稀罕的,可是到了岁末,就是年年都要封路搭牌楼和棚架,人人都去逛花市买花。就连日本人打来了,天天有飞机在头上乱飞,保不准啥时候扔下颗炸弹来,广州人也还是逛他们的花市,买他们的花。

每到年廿七或年廿八，你就可以开始"行花街"，看见办年货的人们开始往家搬各式各样的盆栽橘子和花。没有摆上花和橘，一点喜气都没有，怎么叫过年呢？

小时候家住龙津西，旁边的多宝路就是花街。有一年寒假闲着没事，一天之内逛了六趟花街。过年时，你往家里搬的盆栽橘可以挑四季橘、金橘又或者是朱砂橘，看你喜欢哪一样"口彩"。四季橘，自然是"四季吉"；金橘可以是"金玉满堂"；而朱砂橘，又红又大，"大红大紫"，别人会说"哇，好大的一盆'吉'"。橘子都要大株，而且挂果要密，否则"空（凶）多橘（吉）少"可是大为不妙。

盆橘摆完还可以摘下果子来盐渍，嗓子疼时用来泡水喝是最有效的偏方。

另外，未婚的小伙子们可以去花市里扛一株最大最盛的桃花，以期来年走一走"桃花运"。

大株的花还有"吊钟"，一朵朵花开在枝上像一口口倒吊的小钟。记得有一年我们家买了一株"吊钟"之后，爸爸丢了一块梅花牌手表，想来想去赖到"吊钟"身上，"掉"了一块手表，说以后过年不买"吊钟"了。

广州人家平时喜欢姜花的香气，但因为姜花是白色的，过年时不摆姜花，大家折腾水仙。有好几年我的左邻右舍和我们家都在研究怎么把水仙头雕刻一番，让它长成"蟹爪"，又想着法子让它恰好在年三十晚上或大年初一准时开花；天太冷时把那盆水仙放在灯泡下烤暖，天太暖时又把它拿到屋外面去吹冷风。不过水仙花盛开的时候，那满屋的香气着实叫人满心喜悦。

黄和紫的菊花以及玫红、大红的芍药也是应节的花，配上一两条银柳就举着回家了。近年的花市则开始卖进口种子种出来的花，郁金香或者康乃馨什么的，但总觉得不如从前那几种花来得村气、简单和热闹。热闹是要带些乡下气的，似乎聪明人即使是喜气洋洋起来也不那么由衷。而逛花市和买花，不都是为了看到热热闹闹的繁花似锦而没来由地高兴一场吗？

逛花市的时候，还有一样消遣节目是讨价还价——你一定要去讨价还价。笑嘻嘻的以至于嬉皮笑脸的人在这个时候是受欢迎的，要过年了，你总该松一下绷着的脸，有几分闲情。卖花的人也在等着赚高兴的钱，他有意把价钱说高一些——等着你和他还价呢，顺便说笑两句。如果你一声不吭掏钱拿了花就走，他多少会有些错愕：怎么啦，真的那么忙和没心情吗？他还编排好了说辞等着你还价呢，结果，像小小地踏了一脚空。

不过，下一个买花的人来了，和他说笑吧。广州人，甚至是商贩，平时很少冲着陌生人笑和搭讪，可是在花市里，这几天是可以通过讨价还价轻松地开开玩笑的。有时候会有活泼一些的商贩，冲着你看过去的一眼喊过来："细佬（小孩），买花啊，便宜些给你，过来睇下（看看）啦！"而对着所有年轻的女子，他们都一律说："靓女，买花呀？！"

近几年的春节前，除了封路搭花市的路段，一些路边也满坑满谷地摆满了各处花农运来的盆橘和鲜花。某年的节前，南京的编辑朋友来约稿，在我们报社附近广州大道旁看到那种蔚为壮观的奇景，诧异地问这些橘子是真的还是假的？我当时非常意外地说："真的真的，当然是真的，怎么会是假的呢？"浑然不觉那些花和橘子已经漂亮和茂盛得完全不像是真实的。我们只是认为它们理所当然，本来就是这样的。

不知道为什么，没有人在除夕之后送花给别人。如果你想对谁表表心意，那么你应该是在年前就把盆橘或者花扛到他家去。节前的广州总是更加塞车，因为很多的单位车和四乡来的车都出动了，车上满载着盆橘和花，满广州地转着往他们要拜会的人家里送。除夕之后，再去拜年。

除夕的那天夜里，是花市里人声鼎沸的时候，卖不出去的盆橘和花，也在那个时候半卖半送。一俟十二点，一年一次的花市也就散了，大年初一的清早，花市的棚架就已经拆得干干净净，下一场这样的热闹，又得等一年了。然而广州人并不惆怅，这是近百年来过年的日程表呀。况且，那些花又不是从此不见了，一年四季天天在菜市场里一样地开着。而我们，要开始下一个节目——拜年，眉开眼笑地向每个认识的人说："恭喜发财！""万事胜意！""龙马精神！""身体健康！"……此地风俗，没结婚的不论岁数多大都算小辈，都可以找结了婚的人拜年拿红包，加起来是一笔不小的零花钱呢，谁还会顾得上惆怅？

明代嘉靖年间的广东状元林大钦十几岁的时候写过一副寿联："天增岁月人增寿，春满乾坤福满堂。"每逢过年，我就会喜气洋洋地想起这副豪气干云的对联，嗨，响当当的，实在是爽！

巷里的零食和叫卖声

在炎炎正午的阳光和蝉鸣声里,坐在某座小巷深处阴凉的屋下,想起一些隔着岁月的若有若无的叫卖声。在某个安静的中午,你发觉它们像那些蝉声一样,早已远去。

巷子里有人卖过凉粉。酷暑的下午,躲在家里痴心盼望着一道扁平、鼻音很重但是响亮的声音:"凉——粉——"拿了碗就跳出去,递上几分钱,凉粉佬会从他担的凉粉担子里舀出一碗漆黑清凉的凉粉。回家自己加上一勺白糖,又或者奢侈地加一勺蜂蜜或炼乳,凉粉顺畅地滑下喉咙,燠热的愠怒立刻被它的冰凉从嗓子一直到胃里抚慰得妥妥帖帖。夏天的幸福原来可以如此简单。

有时候卖凉粉的还没来,另一副扁平响亮但不相干的嗓音传来："骟——鸡——"谁家有公鸡可以捉将出去动个小手术，从此"鸡太监"早上就不会乱啼，并且专心长肉，过年时长得又大又肥。

家里的猫儿也可以捉出去如此这般，母猫的手术费要比公猫贵。记得有时候没好气地冲着家中的猫儿大喝："再捣乱，阉了你！"当然不是自己动手，是威胁着要把它交给那个在巷子里叫"骟——鸡——"的人。

大街小巷里叫卖吃的人很少，通常听到的是"补——镬！补——镬！""买烂嘢（东西）——买烂嘢——收买烂铜烂铁烂锑煲旧报纸"，还有"磨铰剪——铲刀"……

我记得站在一旁呆看他们补锅、磨刀和修理塑料凉鞋是很有趣的一件事情，他们那种有条不紊和专心致志，让你觉得正在磨的那把刀一定飞快，正在补的锅和修的鞋一定可以再用上个十年八载，金刚不坏。

而时间，一下就过去了，通常才看着他们刚刚补好一个锅，又或者刚刚修好一只鞋，家里人满街喊你却已经喊破了嗓子，飞跑回家去，通常是挨一顿好骂。

有时候街上会响起"砰"的一声闷响，那是爆"肥仔米"的人来了，小孩们可以在自家的米缸里偷舀一勺米，拿到那里去做"爆米花"吃。做爆米花的人用不着吆喝，"砰"的一声，小孩们就不知从哪儿冒出来了。爆米花要收加工钱，不过可以讨价还价，多给一些米。小孩们通常没钱，可是家里的米缸是没上锁的，家长们也料不到孩子会偷米吃，所以，做爆米花的人买卖很是兴隆。有时候，他也拿爆谷（爆玉米花）来和孩子们换米。

另一桩要吆喝的零食是花生米。总有盲人拿着他的探路棍在街上一边点点戳戳一边喊："南——乳肉！南——乳肉！"卖的是加南乳汁炒过的花生米，特别特别地香甜。花生米装在一个个用报纸或包装纸裹好的锥形纸袋里，一包包地卖。也可以零售，小孩子钱少，盲人就一颗一颗地数着卖给他们。

记得小孩们当时的话题是探究那卖南乳肉的"盲公"是怎样分辨那些纸币和硬币的：他怎么一摸就知道那是多少钱，而且一点不错？谁敢去试试看蒙他一下？听说被"盲公竹"打一下很不吉利，不过他追不上我们吧？……

我们街坊的那帮孩子终究谁也没有去那么干，不过看见卖花生的盲人走过，总是生怕他发现自己曾经心怀鬼胎而躲得他远远的，但他卖的那些花生米真是特别地好吃。

街边的小吃摊还有咸酸、牛杂、"飞机榄"和"啄啄糖"。

学校附近总有这样的小摊：咸酸腌在透明的玻璃罐里，酸酸甜甜的，有木瓜、萝卜和芥菜，一两分钱一串。用牙签一戳，边走边吃。牛杂不用叫卖，焖牛杂的那种气味香飘十里，爱吃的闻着味儿就过去了。

卖飞机榄的人从前是吹喇叭的，吹出来的声音就活脱脱像一个人在声嘶力竭地大叫"飞机榄——"。一包一包腌好的橄榄有辣有不辣，可以准确地扔到楼上去。不过我们念书的时候，那卖飞机榄的人只会怪声怪气地吹喇叭招徕，站在街边收钱，估计他早就不会准确地往楼上住家抛飞机榄了。

卖啄啄糖的人通常手里拿着两块厚铁磨成的像小铲刀那样的物事，没事就把那两块铁一通敲，发出"啄啄"的声音。小孩去买他的糖，他就用那"铲刀"切下一小块糖来，一分钱就有交易。那种糖里加了姜，有点儿辣。

听父亲说从前云吞面也是挑担子卖的，小贩穿街过巷地吆喝："云——吞面——，云——吞面——"广州人家爱打麻将，深夜里想吃消夜，就会从楼上喊下去，要多少碗云吞面！挑云吞面的人就会送上去，又或者，让用人下来买。

当年云吞面担也有驰名省港（广州与香港）的，像著名的"池记云吞面"，很多达官富人甚至专程开车找这家面担子，就站在街边一饱口福。

到了我们这一代，街上早就没有云吞面担子，只是到处都有小铺子，想吃云吞面就去小铺子里吃。记得当年有一家邻居，两口子养五个孩子，日子颇为窘迫，但心情好时男主人就让他们的孩子抱一个大搪瓷碗，去路口的小铺子买一大盆云吞面，全家当消夜吃。大家在旁边瞧见了，就觉得：咦，他们家还是过得蛮滋润的嘛。

那时候天总是很蓝，弱小的心灵中总是一片茫然，而门前，总是有那么多做各式各样营生的人穿街过巷，络绎不绝——那是我最初窥见的人生。

卖冰棍是一个理想的人生，每天卖不完的冰棍可以留着自己吃。

那个间或在人群里喊一声"和味龙虱桂花蝉——"的老头儿嘛……他担的两个箩筐里总是一个放龙虱，一个放桂花蝉。龙虱我敢吃，滋味还不错；可是桂花蝉，那么大的眼睛还有翅膀，整个儿纤毫毕现的，每次我看了心里都有点儿犯嘀咕，没敢下嘴。所以对他所做的行当我兴趣一般。

至于那些弹棉花的外地人……弹棉花看来很好玩，但大热天还要在街上挥汗如雨的话，不如躲在凉茶铺里算了。凉茶铺里的凉茶虽然苦，但是可以吃送凉茶的话梅凉果。还有那些扛着一大捆竹篾的人，他们是"通坑渠"的，谁家的沟渠和厕所下水道堵了，他们可是救星。将来干这一行倒是可以向全世界的人宣布我是个不怕脏、不怕臭的新一代无产阶级革命事业的接班人。但是——那还不如去倒"夜香"呢，全国出名的劳模有一个就是淘粪工，"通坑渠"这行里还没有出过劳模。

不过，想来想去还是卖冰棍的比较好，尤其是有一天我看见卖冰棍的阿姨给了她放学的儿子一根冰棍——当然是不要钱——之后，我和当时很多的孩子一样，下定了决心以后要当一个卖冰棍的。

长大后的某个下午，办公室的同事聊起下岗问题。我说："那我就去卖冰棍吧……我的意思是，那种有个冰箱的小'士多'（即商店，store的音译），或者凉茶铺，还有，粉面店什么的也行吧。"

岁月是这样寂然无声地疾驰而去，所有那些大街小巷里的零食和叫卖声也是如此这般无声无息地隐去。可是，谁知道童年时初窥的那种五花八门、各行各业的人生给了我一种什么启示，以至在长大后，在重新选择职业的假设中，我还是不假思索地脱口而出，说我要去卖冰棍。

……在某个炎炎正午的阳光和蝉鸣声里，是否还有人也偶尔想起了那些隔着岁月的若有若无的叫卖声？

辑二

三民往事 旧时风月

尼庵 寺庙 圣心大教堂

跳板、桥梁、窗户和"好屋基"

鸦片战争之后,英国人根据《南京条约》中"五口通商"的条款,一直要求进驻广州城。结果,广州百姓群起而攻之,众志成城,英国人足足努力折腾了七年,就是进不了城。当时的钦差大臣耆英就觉得:"无如广东民风非江浙可比。"

但从另一个角度来看,在思想和意识形态方面,"广东民风"一直是比较开放、崇尚自由和反独裁的。你可以说,广州一直都是西方海上文明进入中国的跳板、桥梁或者窗户。明清时期由于航海事业的发达,外国人来中国都弃陆路而取水道。地理位置的优越及在对外贸易上的特殊地位,使广州得风气之先,成为西学东渐的要冲。

从十六世纪中叶以来,随着以广州为起点的中西贸易的发展,西方的商船除了载来他们的货物之外,还载来了他们的传教士,著名的利玛窦、汤若望、南怀仁,全是这么来的。

除了带来宗教,他们还带来了天文地理、数学物理、医学和美术、炮术和建筑,带来了防天花的牛痘接种技术,办起了眼科医院。传教士传来的西方文化,给广州带来新的文化影响。在鸦片战争前的二三十年间,一些官绅、商人已经逐步改革了康熙至道光年间在广州地区办起来的三十间书院。广东近代许多主张革新的思想家,都是在这些经过改革的书院里学习而成才的。例如先后肄业于羊城书院和越华书院的朱次琦,就主张经世致用,不空谈阔论,后来又以新学来教育他的学生康有为。康有为成为近代维新派的代表人物,与他在广州受新学的熏陶不无关系。

坚决禁烟的林则徐,也以其特殊的地位和胆识,成为当时开眼看世界的社会思潮中的领袖人物。在广州禁烟和抗英时期,林则徐"日日使人刺探西事,翻译西书,又购其新闻纸"。他专门组织翻译班子把英国人慕瑞的《世界地理大全》用《四洲志》的书名译成中文，还相继译出滑达尔的《各国律例》等有重要意义的参考书。当时，林则徐是承袭了中国"经世致用"的学风的，他甚至找人翻译了有关欧式炮瞄准发射技术的书，派人秘密绘制西洋战船的样式和结构来研究，又设法买来几百门英、葡产的铜制大炮，加强虎门防务和水师船只的火力，又仿造新式战船，效法西洋自制可移动的"新式炮架"……林则徐的这些作为，与面对西方新式船炮只是"望洋兴叹"的道光皇帝，形成鲜明的对照。

传教士们带来的《圣经》在广州还有另一项意外收获。1836年，洪秀全在广州应试时，无意中获得一部宣传基督教的书——《劝世良言》，这部书是由中国人传教士梁发摘录《圣经》的若干章节编辑而成的宗教宣传品。第二年，洪秀全在大病之中出现了幻觉：上了天堂，见到了上帝，上帝命他回到人间救世救民。1843年，洪秀全又一次落第后，和友人仔细研读《劝世良言》，宣布"皈依新教"，按自己的理解，为敬拜上帝而自行"施洗礼"，跳进村塾旁的小河里"洗净全身"，表示洗除罪恶，去旧从新，从此开始了他们一往无前的宣传上帝"福音"的事业，缔造了拜上帝会的雏形。后来，各地拜上帝会众起义，建立了"有田同耕，有饭同食，有衣同穿，有钱同使，无处不均匀，无人不饱暖"的有着非常鲜明的平等观念的太平天国，同清朝对峙了十余年。

太平天国失败28年之后，1892年7月，孙中山先生以考试第一名的优异成绩，毕业于香港丽雅英文医学书院。毕业后，应澳门绅士之请，到镜湖医院（中医慈善医院）开设西医科行医。同年12月，又在澳门办起中西药局。在澳门行医期间，孙中山曾成功为病人切除较大的肾结石，因而名声大振。

1893年春，孙中山在广州西关冼基开设东西药局，同时邀请陈少白到广州帮助料理药局。陈少白是孙中山在丽雅英文医学书院就读时结识的，两人志趣相投，热心救国。陈少白由于较迟入学，当时还没未毕业，在学院时就和孙中山、杨鹤龄、尤列仰慕洪秀全的革命精神而自称为"反清四大寇"，和孙中山结下了深交。这时，陈少白就干脆辍学，和孙中山一起并肩寻求医国医民之路。

孙中山同时还邀请了当时的名医尹文楷加盟，时称"杏林双帜"。今天广州中山纪念堂走廊上的图片展览，

就展示了当时药局的一份广告影印件:

> 敬启者:本东西药局,自敦请孙医生逸仙来省济世以来,甚著成效,以故四乡延聘,日不暇给,本城求诊者,反觉向隅。今特并请尹医生文楷来局合办。尹君向在北洋李爵相所设医学堂肄业有年,穷窥阃奥,屡试前茅……凡延请者,祈预到挂号。尹君与孙君,并驾齐驱,皆称国手,久为中外所闻矣。谨此布闻。
>
> 冼基东西药局谨启

孙中山不仅医术高明,而且医德高尚。遇有急症,不论贫富,一请即到,待病人态度和蔼。当年12月,广州的《中西日报》就登载了一篇病人武泌感谢孙中山施医赠药的启事:

> 孙逸仙先生学宗孔孟,业绍岐黄,合卢扁而擅专门,内治与外施并美;统中西而探奥旨,针砭并刀割兼长。其平生医学精纯,业经大绅诸公合词称颂,登

诸岭南诸报矣。余也不敏，质朴无文，偶罹牙齿之灾，竟彻晨宵之痛……秦楚寻医……星霜屡易，诸医罔效，累月经时。幸遇先生略施小技，刀圭调合，妙手成春。数月病源，一朝顿失。复荷先生济世为怀，轻财重义，药金不受，礼物仍辞。耿耿之心，无以图报。谨将颠末，爰录报端，用志不忘，聊摅微悃。不特见先生医学之长，抑亦表先生人格之雅云尔。

　　　　　　　　　　　　　武泌谨启

当时，孙中山、陈少白还在广州双门底（今北京路）圣教书楼设立了医务分所，在香山县（今中山）石岐镇西门口（今孙文西路东段）又开设了东西药局的分店。

当时的孙中山虽已有推翻清廷思想，但仍以先行改良为主要原则。1894年春，他起草了致李鸿章的上书，主张以西方国家为楷模进行改革，实行"人能尽其才，地能尽其利，物能尽其用，货能畅其流"的策略，以使中国富强。请陈少白修改后与陆皓东北上呈递上书。

至于东西药局，就由陈少白清理好股本，结束解散。后来，李鸿章拒绝了上书建议，孙中山等人才终于走上了武装推翻清廷的职业革命家之路。在甲午战后民族危机严重的形势下，与资产阶级改良派康有为、梁启超领导"公车上书"登上政治舞台几乎同时，以孙中山为代表的资产阶级革命派也开始了政治活动，并决心以武装革命推翻清政府。乙未广州之役、庚戌新军起义、辛亥广州起义（黄花岗之役），甚至再往后的三次北伐，均以广州为策源地并在广州拉开序幕。

广州一直是孙中山领导护法运动的大本营，国民革命运动的中心是在这里，这期间的黄埔军校和农民运动讲习所也都开办在广州。黄埔军校原名"陆军军官学校"，后称"中央军事政治学校"。它是孙中山在中国共产党和苏俄顾问的帮助下，为建立革命武装而创办的新式军官学校，因校址设在广州市郊的黄埔岛（又名长洲岛）上，故称"黄埔军校"。

广州农民运动讲习所的地址有三处：第一、二届在越秀南路"惠州会馆"（今越秀南路89号，中华全国总工会旧址）楼上；第三、四、五届在东皋大道1号（今东皋大道礼兴街6号）；第六届迁到番禺学宫（原广州惠爱东路，今中山四路42号，现为全国重点文物保护单位）。

在近代史里,广州一直是民主革命和革命党人武装起义的策源地。为什么是广州?恐怕和广州所处的特殊地理位置(濒临海岸和山高皇帝远)以及一直以来得风气之先,在思想上崇尚民主、反对独裁,在社会风气上比较开放及相对自由很有关系。

当时的广州民主和反独裁的观念是比较深入民心的。

旧时风月

1930年至1934年间,广州陈塘地区,马路只开辟到沙面西桥谷埠附近,还未伸展到黄沙等地。四乡谷物要靠木船沿着珠江运入沙基涌,用人力搬进谷仓,极不方便。

那时的陈塘地区商业云集,仓库、钱庄、旅馆、食店应运而生,楼宇林立。青楼妓院、花筵酒家亦乘时突起,一时间陈塘成为花街柳巷,纸醉金迷之地、温柔堕落之乡。

广州解放以后,陈塘一带广辟马路,原有的横街窄巷辟作通衢,旧貌已换了新颜,昔日的"留觞"花筵酒家,经改造扩建为市三人民医院,当年的妓院多已变为民居,娼寮、龟鸨、妓女、龟爪(妓院的爪牙)等,都已作鸟兽散。时至今日，只留下"平康通衢""翠花""馨兰"等与妓女有关的街名。《广东文史资料》里，有一位当年流连过陈塘的作者，以"存实"为笔名，记下了陈塘的旧时风月。

当年的陈塘南地区，计有留觞、咏春、群乐、大观园、宴春台、京华等六间花筵酒家，大小妓院二十多处。它们之间是唇齿相依的，营业时间都是不卜昼而卜夜。

当时的妓女们尽管睡得晚，还是要起早床"练功"，有专人负责教习她们"弹、唱、靓"，颇有"职业"水准及精神。而邻近酒家妓院的闾巷贫居妇幼则多承做酒席的配料加工，如修剪冬菇、浸制杏仁、巧制鼓形马蹄（荸荠）、洗熨帘布椅帔等，借谋升斗以糊口。

其时，"自古未闻屎有税，至今唯有屁无捐"的当局还在这个地带设立了多个机构，一部分负责管理筵席捐、花捐、印花税捐等税收事物，另一部分则从事推销鸦片（表面则叫戒烟药膏）的非法牟利活动，被"酒、色、财、气"笼罩着的这块烟花地是一块可以附着她们赚钱、谋生和收税的大肥肉。

花 筵

一到夜幕方垂、路灯微亮的时候,联翩莅临陈塘"开筵坐花,飞觞醉月"的人物,便乘汽车沿着沙面堤路接踵而来。当时黄沙、大同、珠玑等街巷,还未开辟马路,汽车开到沙面对面的翠花巷口停车,拉开车门,走出一群衣冠楚楚的饮客,其中有军政界人士、法官律师、富商贵介、戏剧艺人、社会名流等辈,甚至有携妻带子来享灯红酒绿之乐的。

这时在巷口鹄候迎客的妓院龟爪,就会像耗子嗅到鱼腥而欢腾起来,一面趋前恭迎,一面引吭高唱:"某官人到,某公子到,某酒家、某妓院准备款接贵客光临!"一站又一站接声播送,由巷口掠过妓院和民居,直达花筵酒家,借此通风报信,故意造成热闹气氛,博取饮客的兴感。于是一队队的饮客在这种声势下,鱼贯而入闾巷,抵达各自预订的酒家。

花筵酒家,顾名思义,不同于一般酒家。花筵是指开筵坐花。飞觞醉月,花笺发出,妓女徐来,就是花筵酒家的特色。

当时的这种饮厅相当宽敞，酸枝台椅、罗汉床、壁间字画、架格摆设、夏季风扇等一应齐备，大有西关富户的布置风格。

陈塘"三部曲"

当年，陈塘的"红牌阿姑"们架子颇大，谈妥价钱便肉帛相见甚至还会被她们不屑地视为"野鸡"所为。要讨她们欢心和一亲香泽，还要经过一番大撒金钱的仪式和手续。

简单地说，基本上就是妓院引诱饮客逐步深入的所谓"三部曲"：打茶围（又名"打水围"）、焗房（即妓女接客度宿）、打通厅大宴群妓。循序入彀，便可为温妓脱籍，载得西施归，藏诸金屋，这是终局。

打茶围：起因在于妓女在花筵侑觞时向饮客附耳私约，待花筵散席后，有私约的饮客即挽友好一二人，转到妓女的香巢打茶围。该妓女见客即迎入香闺，款待殷勤，献茶奉烟，摆出果品小食数碟（如朱古力、奶葡萄、新奇士橙、瓜子之类，按当时的物价，仅值港币五元）。

不管来客尝试与否，作为温客即以港币三十元压于碟底，露出一角，叫作"碟底钱"，实即妓女见客之资。

这时，温客与温妓可以缩坐一隅，呢喃燕语。

不过，也有些人打了好几通茶围，还是不能得到"红牌阿姑"的温言款语的，仅被心不在焉地应酬了一通。

焗房：所谓焗房，就是温客向鸨母交纳费用，让妓女接客度宿。

焗房的嫖客，约同友好三数人，时在中午后，适时到达妓院温妓的香闺，交纳了一切费用。接客的妓女，待客殷勤，给客换穿"草拖"（便鞋），献茶奉烟，端出糖果小碟款客。

随后开麻将一局，供客消遣，也会设烟局于卧榻，由温妓主烟政，搓鸦片烟膏，供温客抽吸，以壮神气，也好谈心嬉笑杂作。

到晚餐时候，即在房内开筵小酌，除四道热荤外，加点特制肴馔，妓亦入席共宴，红袖浅斟劝客畅饮。

既而席撤，盥面洗手后，闲坐清谈；或再来四圈雀战，妓亦参加，温客则坐其后，指点战略，类似家庭娱乐，言谈随心，这是消磨时间的过渡插曲。

时已入夜，温客独留，余客告辞。天明起来盥面漱口，也在房内，还在面巾两端缀系金币各五枚，以示高贵待客。

其中也有嫖客遭受意外的，因为即使在这个时候，妓女也还是可以摆一通架子的。例如在紧要关头，温妓向客进行"丁娘十索"，互争缠头，相持不下，妓即愤离香巢，一去不复返。时已更阑夜静，嫖客孤枕独眠难入梦，辗转反侧到天明，起而离开妓院。

按妓院中人说，该妓叫作"走鸡"，该客叫作吃了"独睡丸"，身受"煎鞑沙"（鱼）之苦。

打通厅的大宴会，即订定酒家作为举行大宴群芳的场所，打通全部饮厅，大排筵席。

清末的"老举寨"

其实在清光绪年间，广州的妓馆已很多，当时统称"老举寨"（因粤人称妓女为"老举"）。按其气派的豪华或简陋，共分为十级：

最豪华的那一类，称为大寨。

其次为半私明（俗称"半掩门"）。

再次为二四寨。设花捐后二四寨按收费多寡为标准，分为三级：价格二元六者为一级，一元三为一级，一元以下为另一级。二元六那一级只在夜间营业，其余日夜都营业。

打炮寨亦分三级：五毫、二毫及半毫，都日夜接客。以下还有"讲古寮"等名称。

初时，大寨多集中在谷埠一地（即油栏门对开至沙基口一带，油栏门即现在的仁济路后面）。当时广州尚未有"米揽"（即碾米厂），各乡谷米，多用船运至广州，集中在谷埠停泊。故谷埠一地，商贾云集。

谷埠的大寨都是极豪华的大舫，内分隔为三四个厅，供顾客宴饮；另有"住家艇"，供妓女栖息，陈设亦极豪华，非普通嫖客所能到。嫖客中常有在大寨饮了六七年花酒，仍没有到过那些妓女的"闺房"的。当时最豪华的大舫当推合昌、琼花等，都可筵开十桌。无论大舫还是"住家艇"，都散泊在谷埠河面。

东堤沿江一带，在光绪年间已开成马路，建有洋房，那时称为"鬼楼"（粤人原称洋人为"鬼佬"或"番鬼佬"，故称洋楼为"鬼楼"）；在现在的东堤桥附近，还建起了东关戏院和广舞台戏院，商业极为繁盛。当时，各大寨已舍舟登陆，设在东堤沿江一带的"鬼楼"内，那里共有八间大寨。

另有一派经营妓寨的人，因与长堤一带的大寨有利益上的冲突，另树一帜，在沙基对面的上陈塘（即现在的多如茶楼对面，又称陈塘南，后来都习惯简称为陈塘）设立了八间大寨。随后，酒家、酒楼如雨后春笋，相继在陈塘一带出现。其中最著名的酒家，要算豪商巨贾经营的"京华""永春"，粤剧大老倌白玉堂等投资的"留觞"，及文人萃集的"宴春台"等几家。

出入大寨的嫖客，多属军阀、官僚、豪绅、巨贾、状师讼棍、捐商和承办各项捐税的人。

这些人除在大寨花天酒地、纵情声色外，亦利用这些地方探行情，搭路线，进行军事、政治的投机和黄金、棉纱、外币的炒买炒卖，以及包揽状词、讼案等活动。不少人既是到这些地方来"散钱"，也是到这些地方来"揾钱"的。当时在茶楼里，全行工资最高的一个"企堂"

（堂倌），月薪也不过是七元五毛。那些豪绅巨贾在大寨里饮一晚花酒便挥金三数百元，却习以为常。一席最便宜的花酒，总得二十元以上。

"饮花酒"和抽鸦片往往分不开。抽鸦片这件事，挥霍也很大。在那些大寨里，尽管是只抽一盅鸦片烟（每盅四毛），加上烟具、烟捐也得四元八毛以上。

至于陪饮的妓女（大寨的妓女通称"唱脚"，通常只陪饮及唱曲）只不过在开筵之前唱一支曲，"埋席"时敬一敬酒（娼妓们称之为"挂号"），便需一元以上。但对大寨那些"龟公""龟婆"来说，这类嫖客都是他们看不上眼的，当然更不要指望"升堂入室"了。

豪阔的嫖客，不但"打通厅"（即筵开数席至数十席，同时开许多个厅）、"打全骰"（把全体宾客叫来陪酒的妓女的开销都包下来），而且对"龟公""包婆"的无厌需索、对妓女私人的馈赠，出手都极其阔绰；所花的钱，往往远远超过上述"开厅""设局"的费用不知凡几。

即使如此，未必就能得到鸨儿们的青睐。娼鸨们为了从这些豪客身上榨取更多的钱，一方面对这些豪富极力奉承、诱惑,一方面则设尽办法,不使他们得偿所欲,直到在这些嫖客身上榨得可观的金钱,才肯让他们和妓女"成其好事"。当然,对那些特别有钱有势的嫖客,娼鸨们采取的又是另外一种手腕。所以当年有好些嫖客在大寨出入六七年,仍没有见过那些名妓的"闺房"。

但在嫖客与妓女真正"有染"以前,娼鸨们还想出种种花样,如"出毛巾""探房""摆房"等,再在嫖客身上榨取一笔钱。

所谓"出毛巾",即由嫖客大排筵席,宴请宾客,使大家都知道他与某妓"定情"了。此夕,为妓女"出毛巾"的嫖客多极尽豪奢,炫耀自己的阔绰。宴会之厅,例须遍结鲜花,"到贺"宾客所传之妓,亦由主人"打全骰";至于开雀局、设烟局等,更不在话下。

开筵以后,主人所钟情之妓,例以毛巾分赠宾客,另以一特别华美的毛巾,送给她的嫖客,故示对这个嫖客的钟情。

继"出毛巾"之后则需"探房",其排场一如"出毛巾"。所不同的,只是这次宴请宾客,不在一般的酒舫而在妓女的"闺房"而已。

"探房"以后,嫖客还需为妓女"摆房",将妓女"闺房"内的家私设备,以至帐褥全部另行购置,摆设一新,所有费用全由嫖客支付。

当时有一个嫖客"摆房",单是梳妆台上的一瓶香水便值一百五十元白银;用以供客人抹面的一条毛巾,每一条穗子上都挂着一个金仔(金币)。而这类嫖客,在大寨中并不罕见。

"摆房"以后,嫖客便算和这个妓女"定情"了。有好些豪绅巨贾,就这样把一个妓女包下来,长达数年之久。被包妓女的一切日常开销,全由他们支付。

其实,娼鸨们为了从妓女身上弄更多的钱,常常背着嫖客,在同一个时间,令同一个妓女接受几个嫖客来"探房"。他们把嫖客分别安置在妓女的姊妹们的房间,设法使这个妓女分身应酬几批来"探房"的客人。

一个嫖客,究竟要在一个妓女身上花多少钱,才能"出毛巾""探房"?那是相当没谱的。这一方面要看妓女的声价,一方面要看娼鸨的"胃口",更主要的还是要看这个嫖客身上有多少可供他们榨取的油水。反正娼鸨们的一个共同手法,就是尽可能使嫖客对妓女"可望而不可即"，以便向嫖客榨取到尽可能多的钱。

在大沙头的大寨，曾有一个绰号"苏大阔"（即苏域农）的阔少，恋上一个名叫新娇的名妓，在大寨饮了三年花酒，仍未到手。

当时，新娇是广州的大寨中首屈一指的红妓，琴、棋、诗、画，样样俱能，架子也不小。有一次，苏大阔屡传新娇，新娇故意迟迟不到，据说"正在钓鱼"。苏大阔很不快，遣人往问新娇的钓竿卖不卖。答复说："非三千元不卖。"苏大阔立即如数把它买过来。此事立即轰动整个大寨。

"出毛巾"之夜，苏大阔把整个大沙头的大寨的厅都包下来，全部扎花结彩，以豪阔名噪一时。其后，在广州市商会举办的卖物筹款，赈济乙卯年水灾的灾民时，他又以同样豪阔手段，以一万元饮了一瓶汽水。从这些事情上，或可想见当年风月大寨确是穷奢极侈的销金窟，令豪绅巨贾散万金。

当然，苏大阔以三千元买一个妓女的钓竿，并不是人傻钱多、全无机心。通过这件事他以豪阔名噪一时，骗取了不少人的信任。因此，后来他开设银号时，不少人（多是西关一带的妈姐,她们经过多年的辛勤劳动,才积蓄得五七百元)惑于他的"声誉",纷纷把款项存到他的银号里,结果却因苏大阔的负债潜逃受到损失。所以说,很多人在大寨花天酒地,既是"散钱",实际也是"揾钱",就是这个道理。

从前尼庵

清末民初,一直到抗日战争时,广州曾经有过一些挂羊头卖狗肉的尼姑庵,是专供那当时的达官贵人、富商、名士、贵介公子们游宴淫逸的妓馆式"名庵宝刹"。

广州人称尼姑为"师姑",故尼姑庵亦称"师姑庵",据《广东文史资料》的记载(作者沈祥龙),从清代到民国年间,广州市有不少的尼姑庵,主要是因为,广州习俗遇有丧事,辄邀尼姑、和尚到治丧之家念经打醮。这样,尼姑和尼姑庵就成为当时社会上所需要的。

广州大北直街(今解放北路)的檀道庵,俗称皇姑庵,是清代初叶平南王尚可喜特为他的妹妹出家而修建的庵堂。这样的尼庵,在广州毕竟是少数。后来,它不但成为一般职业庵堂,甚至变成全市闻名的变相妓馆式的尼姑庵。

"七大名庵"

尼姑庵和一般佛寺一样,住持是按师徒关系传承,由前任的师父传给长徒。等到尼姑庵成了一种变相的职业单位,住持既要四出交接,招徕佛事(指诵经、斋醮、做功德等),又要巴结一些贵妇,以巩固自己庵堂的地位。这样一来,某些仅仅以长徒身份继承祖业的住持,即使品德较好,也不一定能够担当这种新的职务。从而住持的实权就逐渐落到一些社会阅历较多、工于心计、善于应对的尼姑的手里,其中还有些是妓女出身且善于经营的。

最典型的例子,是民国初年小北药师庵的师父觉持。觉持原名全赖,本是苏州、上海名妓,后来嫁给广州巨富周东生为妾,迨周东生因案破产,逃离广州。她为保存私蓄,便携其所有,跑到药师庵削发为尼。她凭着自身的财力和善于应对的手腕,很快掌握了庵内的大权,成为住持,并把她在妓馆中学到的本领和经验,用于经营尼姑庵。

当时又有一些有权有势的达官贵人,在腻了"陈塘风月"之余,渴望能再有些特别场所可以消遣,同时亦感于公开的妓院品流复杂,不无拘束。再加上当时一些官场中人玩尼姑的不良风气逐渐流行,所以这种妓馆式的师姑庵,也就应运而生。

这类师姑庵,在清末到民初数量较多,后来遭社会舆论谴责,略有减缩,但仍有不少得到权力者支持而保留下来。其名较著的有小北的药师庵、都府街的永胜庵、仰忠街的莲花庵、丽水坊的无着庵、应元路的昭真庵、豪贤路的白衣庵、大北直街的檀道庵等。这是当年广州的"七大名庵",人们常说"水不在深,有龙则灵",落在此处则是"庵不在大,有妙尼则名"。

"扎裤尼"和"妙尼"

进入师姑庵的师姑,最低等的一种是社会上孤苦伶仃、贫无依靠、自愿投身庵堂而貌亦不扬的,在庵堂里永远做粗笨的工作,如若生得俊俏、聪慧而又愿操丑业的可作别论。

这种师姑,规定要用绳子把裤脚扎起来,所以又被称为"扎裤尼"。举凡庵内的扫地、添香、清粪、倒尿、种菜、挑水、服侍高级师姑、沿门托钵化缘募米……诸般苦工,都由这些扎裤尼担负。扎裤尼待遇最为微薄,吃的是稀粥杂粮,只有在佛诞和重要的节日里,才能一尝白米饭的滋味。

师姑庵的所谓"摇钱树"妙尼,就是经庵主的物色、训练,可替庵主服务,对外能做法事功德(即斋醮、诵经)、对内可以见客或接客的驯服工具。

见客与接客不同。如果庵主培养出艺色出众的妙尼,很快便名噪一时,客来求见者以资,资厚者接一弈,酬一画;更厚者酬以诗;薄者留一茶,谈笑片刻而已。其资由庵主统收统筹,对见客尼酌予分润。此为见客。

至于接客,即由庵主定价,妙尼卖身,与妓无异。妙尼一般从小培养,对其中的容貌娟好者,庵主无不悉心尽力加以栽培,不但教她读佛经、道典等著作,并且教以诸家的诗词歌赋,使她具有一些"大家风度",谈笑温文尔雅,不落俗套。

其中佼佼者，能文赋诗，擅书画、弹奏、歌唱，以博取贵客求见者的赞赏。于是富商、贵人及所谓名士，日接于门，争相一睹为快。例如药师庵名噪一时的大虾、细虾两妙尼。名妓出身的药师庵主觉持对她们不仅身教言传，还厚礼聘请名师为之教授诗书画，后期还厚礼邀请岭南画派名家高剑父为之授业。大虾、细虾两个妙尼，能写蝇头小楷的书法，能画几笔潇洒的国画。

其他名庵互相影响，都有诗、书、画、象棋的培训活动。例如莲花庵名尼印月，亦以擅画山水画驰名。有一天，印月清兴一挥，绘了一幅山水画，庵中人赞赏，但印月不惬意，顺手搓成一团，掷入字纸篓，小沙尼、扎裤尼等争相拾起，觅裱师为之装裱成轴，拿到市上出卖，竟为好事者高价争购去了，一时传为佳话。庵主笑指印月为招财童子，俨然以观音自居。此外，有些名庵和名尼，还以棋艺驰名，每能挫败她们的檀越（施主），并以此来吸引客人，而高其声价。关于棋艺这一套，名尼与名妓都一样要受训习。

变相师姑庵

作为这种变相妓馆的师姑庵,其主要的敛财手法,就是由庵主迫令师姑见客、接客,把清净的佛门变成淫秽的妓院。但又不同于一般的妓院,因为它不是公开的,不是一般人都可以随意进去的,必须通过熟客的特殊介绍,并由庵主加以调查研究,认为来客的条件"富而好色",符合庵主要求的对象,才允予晤见庵中的名尼。所以,凡专程到这种师姑庵的人,非富即贵。或是军政要人,或是富绅巨贾,或是显赫知名人士。普通人"欲向桃源深处行",会"云迷洞口"无从问津的。

因为古书有"开琼筵以坐花"之句,而且陈塘南的花筵酒家"留舫""宴春台"有某某厅的题名,所以过去广州人在陈塘南花筵饮宴狎妓叫作"开厅"。于是在师姑庵嫖师姑,也就叫作"开师姑厅"了,广州人也称其作划"掘头艇",因为一般尖头艇较易破浪前进,而掘头艇就挡风浪难以行驶,意即嫖师姑比嫖妓困难,庵主需索甚于鸨母,非有一掷千金的豪富,是不敢问津的。

来客有资厚资薄之别,妙尼的接待亦有清装俗装之仪，或有绘画赋诗之赠，因人而施，不止一端。

所谓清装，就是比妙尼外出更为超脱的装扮，夏则玄色丝罗，冬则玄色绉缎，衣衩高，露出雪色丝长裤，内美依稀；足登丝履，手持念珠，头戴尼冠。这就是在庵内别具风格的清装。

所谓俗装，则仿如时俗贵家少妇的穿戴，采取同来客衣装相称或其所爱好的款式。概而言之，打扮得丰容盛鬋（当然是戴假发），明眸皓齿，点绛唇，画蛾眉。而且妙尼恰似名伶粉墨登场，化装衣服甚多，分早、午、晚的应用，随客的年龄、身份而异其趣。

庵堂营生之道

当时这些尼姑庵既然成了变相的妓院，就必然有相应产生的附属营业，因嫖、赌、饮（花筵）、吹（抽鸦片）有着不可分离的关系，妓院兼营这些业务，这类尼庵也是这样的。

虽说一般尼庵的吃喝都是素食，但这种特殊的尼庵，则除清素外还有荤筵。而且这种尼庵的素筵，比之市上名酒家的荤筵更为昂贵。一席素筵，通常要五六十银元，上素筵席则非百元不办。

依当时的物价来看，其抬价程度非常惊人。在这种尼庵"开厅"宴饮的，多是赃官、豪商、富有的王孙贵介，点菜多选上等素筵。在妓院"开厅"，饮客召妓陪饮，所谓"开琼筵以坐花"；在尼庵"开厅"，饮客则召尼陪饮。除有特殊关系外，名尼是不应召的，应召的都是一般尼姑。在妓院也是这样，除有特殊关系外，名妓不应召，只能召唤到一般的妓女。在妓院召妓一人，要纳花捐五元（1924年的情况）；在庵召尼陪饮，要捐高于召妓的香油金。尼庵的斋筵贵于妓院的花筵。

广州的师姑庵，由于嫖、赌、饮、吹齐全，有着既是尼庵，也是妓院的特点，就不可避免地与旧社会中的达官贵人联系紧密。一些官僚、政客和中小军阀，把这种尼庵作为别有风趣的安乐窝。而尼姑庵主又凭借着官僚、军阀们的势力胡作非为，变尼庵为藏污纳垢之所。而所谓富绅巨贾、闻人名士，对尼庵的风气败坏，也起了推波助澜的作用。

广州尼庵的这种变态发展，正好适应清末民初这个时候社会中某部分人的需要。它内部的种种措施，着意迎合这些达官贵人的癖好。这些去腻了庸俗妓院的人，急切寻求一种隐蔽清幽的淫乐场所，一经接触到变相的尼庵，便趋之若鹜，影响所及，人多效尤。

当时以玩师姑出名的，实繁有徒。如龙济光统治广东时期，他部下的统领大多是开师姑厅的爱好者，其中王纯良、马存发就因爱开师姑厅，娶了师姑为妾。其后龙济光要师姑还俗，把尼庵的房产变为官产拍卖，企图铲一笔地皮，但同情支持尼姑庵请求保留的社会人士（包括统领王纯良、马存发在内），则为之奔走呼号，誓死力争。

迨至陈炯明回粤，许崇智部的粤军将领中不少与尼庵亦有关系。汪精卫的心腹曾仲鸣，就是一个对尼庵尼姑有好感的人，他曾长期把药师庵作为休憩之所。后来，汪精卫在南京当行政院长时期，闲谈及广州女人时，笑问："靓得过药师庵大虾、细虾吗？"据说陈炯明部的邓参谋长也娶了永胜庵一个尼姑为妾。黄慕松主粤时期，财政厅厅长宋子良（宋子文的弟弟）与其亲信唐海安，索性把药师庵作为他们的"办公行署"和私邸，与尼姑们朝夕相处，结成"方外交"。

此外，尼姑庵有时又因政治军事的幻变，成为官僚、政客隐晦潜藏和遁逃之所。民国以后，有不少从北方南来广州活动的秘密使者，为了避人耳目，不住酒店而住尼庵，甚至足不出户，一住半年。很多阴谋活动，以至肮脏买卖，也在庵中拍板成交。如吴铁城的红员温建刚，有一次被南京政府通缉，他曾躲进药师庵中隐居了一年，直到解除通缉，才返南京。有人问及这件事情时，他微笑说："我到广东入山修道了一年呢！"

时至民国九年（1920），孙中山为了准备北伐筹措经费。由广州市政厅成立广东官产清理处，规定市内庵堂、寺观及其产业，一律投变归公。这个法令相当严厉，当时大多数的庵、寺都被投变，唯有药师、永胜、莲花、无着、昭真、白衣、檀道等庵，以"近官得力"而屹然不动，保存下来，活动如故。其他尼庵也不是经过这次投变而即被消灭，都是逐渐被淘汰的。在这个淘汰过程中，有些尼庵又以其他形式，就在原来位置死灰复燃起来。

日寇攻占广州，药师庵的尼姑逃的逃，还俗的还俗，尼姑庵的境况相当衰败。及至抗战胜利，广州尼庵似有复苏的表象，但探其内状，只剩下几个扎裤老尼，年轻尼姑已星散,庭院萧条,门前冷落,无复当年。

结 局

当时,这种尼庵的庵主们口中说法,座上参禅,实则以佛门为妓院,以妙尼为"摇钱树"。她们通过妙尼承办法事、见客,榨取首度接客巨金、其后的夜度资等,利益大得惊人。除了花于"摇钱树"身上的饮食、衣物、脂粉费外,庵主们给妙尼实际上的酬金少得可怜,或者虽有若干,仍以代存为名握在庵主手中,以防妙尼私蓄多了,羽毛丰了,便会挟资还俗,庵主就断了财源。

一般妓院,鸨母容许接客的妓女私有客人的额外赏赐,而接客的妙尼是不被允许这样的。这一类的妙尼的结局大都非常黯然。当时永胜庵名噪的妙尼眉傅,卖笑所得珠翠宝石满匣,亦被庵主代为存管。至临近广州解放前些时候,其庵主珠傅卷走全部财物逃港,独过其富家娘生活,而眉傅本人则走投无路,生活困难。

药师庵的大虾、细虾,莲花庵的文傅,无着庵的容傅,连同上述的眉傅,当时并称为"广州五大伽持",均为其师父庵主挣得大量金、珠、细软和资财,结局难免也大同小异。

细虾在抗战时被其庵主师父携赴南洋,死于战乱;大虾当时因病不能随行,后亦沦落困境,独住在三元里一间破旧茅屋之中,种菜养鸡为生,以度其余年。至于文傅、容傅离开广州后,风尘仆仆,随后据说也在颠沛中病逝。

那些寺庙

广州的寺庙,说起来都颇有来历,但都是随和亲切的,散落在寻常巷陌,坐落在民居当中,很有"大隐隐于市"的味道。

当然最早的时候它们都建在郊外,可是现在都已经"大隐"于最热闹的地方,不是久居广州的人,还真是不太容易在那些支路横路和街街巷巷里找到它们。

广州的寺庙是香火鼎盛的,广州人每逢初一、十五去拜神上香的传统从来没断过,恐怕会相当长久地传下去,现在的香客里有很多是年轻人。地道的广州人家,不少是每天烧香来敬奉神祇和先人的。逢年过节,在家里也是有仪式的。至于烧香的顺序,是先敬神,后敬鬼。鸡、烧肉、水果等在这个时候通常被放在神案上或桌上先请神祇和先人享用，开饭时再拿回到饭桌上。在这些时候，通常你可以在临街或巷中民居的门角边或地上墙上发现星星点点的香火，那是敬门神土地的。清明拜山（扫墓）的时候，整只的烧乳猪是请先人享用的好东西。

家里有人去世，追悼会过后，不少的广州人还要去庙里打一场斋，又或者要请道士到家里去打醮，完了回家进门时还跨火盆。前些年，朋友家里的长辈去世，追悼会后我随着人群去六榕寺，看到相当于接待处的客堂里，黑板上的日程表排满了做法事的安排，关于法事性质的一栏里全是写着来来往往的"往"。我们生，我们死，我们来，我们往。

而在广州的酒家食肆，你在订酒席的时候他们甚至会问你："是红事抑或是……白事？"红事，也就是喜事，可以吃八菜一汤或九菜一汤；白事，也就是丧事，则吃六菜一汤，即是广州话里的"吃七"。平时有些广州人点菜时会忌讳这一点，如果碰巧遇到这种情形，通常会再加点一道菜或是减去一道菜。

如果订的是做白事的筵席，有时候酒楼的接待还会再问:"是否笑丧?"因为他们在写菜牌的时候要用,例如红烧鸡配水煮白鸡蛋,如果是笑丧,那么这道菜在菜牌上的名字可能就会是"送白迎红笑呵呵"。

华林寺

再说回寺庙。广州人最熟悉的寺庙是华林寺、光孝寺、六榕寺、三元宫、黄大仙庙、怀圣寺和波罗庙(南海神庙)。但因为怀圣寺是伊斯兰教的庙堂,很多的广州人虽然知道,可是没进去过。

幼时有同学住华林寺旁边,暑假时留下地址让小同学们去玩,当时就很奇怪他们家怎么会住"西来初地",很奇怪的名字。摸了半天,一班人最后是找到了华林寺,在门口等他来领我们。年龄稍长才听大人说,一千多年前那里是珠江古岸,现在的下九路附近设有绣衣坊码头,古印度的高僧达摩是先在这儿登岸,结草为庵传教。似乎现时广州还有人管华林寺叫西来庵的——这位中国禅宗的初祖菩提达摩,是后来才去嵩山少林寺面壁的。

我一直记得当年是摸了好几条巷子才找到那里,什么西来正街、西来后街、西来新街、西来西街、西来东街，绕得我们晕头转向。一堆密集的巷子和民居把华林寺围得几乎密不透风，只有摸进去了，寺庙的周围才稍稍空旷一些，可以透一口气。当时寺旁不远有老榕树，有老人家坐在树底下乘凉和喝茶。

光孝寺

光孝寺的出名，是因为老广州说："未有羊城，先有光孝。"而我觉得最著名的应该是"风幡辩论"——作偈"菩提本无树，明镜亦非台，本来无一物，何处惹尘埃"的"南宗"惠能的另一个经典说禅事迹——就是发生在这里。两个和尚在庙前打机锋，一个说风不能看见，是幡动；一个说是风动，其实幡没动。这时惠能走过来，问他们争什么，听了之后说，风也没动，幡也没动，是你们的心动。因为惠能在光孝寺住过，所以追究起来，广州人觉得光孝寺是很正宗的。

光孝寺里有惠能的瘗发塔："六祖初剃度时，其徒为藏发于此。"因为佛教经学里讲求"无人相，无我相，无众生相,无寿者相",所以,清人屈大均对这件事有点儿不以为然:"佛以肤发为垢浊,委而去之,顾乃作塔以藏之,使人见而瞻礼。是犹有我相在也,失其旨矣。"结果,他把"六祖发塔"收进了《广东新语》里的"坟语"一卷。

六榕寺

对于六榕寺,我只知道当年苏东坡从海南北归经过广州时,住天庆观,游净慧寺(六榕寺当时叫净慧寺),览舍利塔。僧人遂请苏东坡为寺庙题字。苏东坡一瞧,咦,庙里有六棵榕树,然后一挥笔,写了"六榕"两个字。现在六榕寺的门口挂着的就是苏东坡的手迹,而那座舍利塔,大概是因为比别的塔都漂亮吧,到现在都还煞是好看,广州人管它叫花塔。

三元宫和黄大仙庙

三元宫和黄大仙庙都是道观。三元宫供奉的是鲍姑,而黄大仙庙供奉的是黄大仙。有人考据过,说黄大仙就是黄初平,别号赤松子,祖籍是浙江金华,所以几处黄大仙庙名前面都有"赤松"二字，叫"赤松黄大仙祠"，以示正宗。至今金华民间仍然流行黄初平"叱石成羊"的故事。也有说黄初平是广东东莞人，是鲍姑的丈夫葛洪的徒弟，就是在罗浮山炼丹得道的黄野人，家乡在石龙附近的水南乡。

我们这一代知道黄大仙，是因为香港有个黄大仙祠，其香火之盛，堪称香港之冠，据说灵异非常，在香港是家喻户晓的。其实广州是有黄大仙庙的，在芳村的花地村，规模和时间都比香港的要大和早。当时庙内常驻中医，配药师和解签人，对求签抓药的人，实行"随缘赠药"，病贫者可以免费。1999年春节假期，适逢黄大仙庙重修后开放，加上广州的地铁试营业，黄大仙庙就在地铁芳村站的出口附近，成为不少广州人坐地铁兼去进香的好去处，一时间人潮汹涌。据去过的人说，其香火之盛，让人连气都透不过来。放假之后回报社上班，有同事闲聊时提及新开的黄大仙，说去拍了一组照片，同事们的第一反应是问这人："咦，有否顺便去上香？有否顺便去求一支签回来？"

波罗庙

至于波罗庙,广州人是知道的,但相对来说去得少。波罗庙在现在的黄埔港庙头村附近。波罗庙也就是南海神庙,是一千多年来中外商旅游人向南海神祷求庇护,希望"海不扬波,交通畅利"的一座庙宇。据说庙外种有波罗蜜树,实际上是菩提树。当时的人信佛,梵语中"波罗蜜"的意思是到彼岸,指菩萨以其巨大的功力,能使人从生死此岸到达涅槃彼岸。所以这庙又叫"波罗庙"或"波罗神庙"。庙中祭祀"神鸡",农历二月十三日是"波罗诞",人们以纸糊或泥塑的公鸡作为象征来祭祀。所以这些纸糊的或泥塑的鸡又叫"波罗鸡"。

广州人有一句话,形容某人爱占小便宜,蹭吃蹭喝蹭用,就说他是"波罗鸡——靠黐(音chī)"。"波罗鸡"都是靠糯糊胶水粘贴起来的,广州话里的"黐",就是粘贴的意思。

平时,波罗庙的香火是远不及市区里的寺庙的,但是在每年"波罗诞"时人头攒动。这是现在的波罗庙在一年里最热闹的一天。

圣心教堂

其实从十六世纪以来，随着以广州为起点的中西贸易的发展，西方国家的耶稣会传教士就纷纷随着商船来到了广州，希望"使中国人承认和崇拜真神上帝"。利玛窦、汤若望、南怀仁等，全是这么来的。法国人在第二次鸦片战争后建的圣心教堂（石室），可以说就是个洋寺庙。在沙面也是有教堂的，在人民路上也有，只是广州人还是去自己的庙里敬自己的神为多，所以不太熟悉。

《旧中国杂记》里说了个《关胜对"面包和鱼"的看法》的故事，大致算得上是当时的传教士对广州人传教时很可能会碰上的经典情形。关胜是当时一个很有教养和知识，做大宗生意的丝茶商人，而传教士O先生则老是为关胜作为异教徒所处的"悲惨状态"而叹息。两人是好朋友，O先生常常向关胜讲解基督教比别的异教的高超之处。终于有一天，O先生拿了一本讲"面包和鱼"（大概就是《圣经》中"五饼二鱼"的故事吧）的奇迹的中译本送给关胜。O先生一边搓着手一边说："这本书会令他信服的。关胜是个明白人，这个奇迹所表现的救世主的真实神力，一定会使他感悟。愿上帝保佑他，得成正果。"

过了几天，关胜拿了这小册子来了。他把它还给O先生，说"真是头等的奇事"，在这样短短的聚餐里就能使一大群人吃饱，这使关胜感到很惊奇，他真诚地一再说："真的，基利斯督就跟菩萨一样。"O先生的眼睛发出亮光，正当他要向他的朋友祝贺他初窥救世主的神奇力量时，关胜却说："……真的，头等的奇事。只不过我们中国奇事太多了。"

接着，他就说，好几十万年前，有个皇帝名叫"发"（Fat），跟菩萨一样，有人甚至说他比菩萨还要神通广大；而且他还有一大群子女。当他正要讲到这位皇帝的生活经历时，O先生突然生气地说："胡说些什么蠢事？怎么能那样讲呢？"

关胜耐心地等他讲完，然后用广东英语回答他，他讲话的意思是："我读了你那个故事，我说过，我觉得那内容很好。然后我想给你讲一下我自己国家的一个传说，你却说那全是胡说八道。几千年来，千百万人都相信的东西。怎么样？我们现在能否认它，能说它不值得信仰吗？那怎么行呢？"尽管如此，他们两人一直到最后，仍是莫逆之交，只是谁也没能改变对方的信仰。

| 辑三 |

五仙观　越王墓

镇海楼　三元宫　处处是层楼

"五羊传说"的版本及五仙观

一说起广州,不管你耐不耐烦,是不是听得耳朵已经起了老茧,反正就是要提起那五只羊——"五羊衔谷,萃于楚庭"。

据广州旧志记载,周惠王令楚子熊恽统治岭南,南海臣服于楚,作楚庭以朝,所以广州又称楚庭。

如果用今天的话来形容,那五只羊当初可是"闪亮登场"的。如果用今天那种大胆假设的思考想象方式来看待那些骑羊的"仙人",那他们不是外星人,就是乘着时空穿梭机来的下几个世纪的后现代人。

版本一:周夷王年间(前885—前878),广州曾一度出现连年灾荒,田野荒芜,农业失收,人民不得温饱。一天，南海的天空忽然传来一阵悠扬的音乐，并出现五朵彩色祥云，上有五位仙人，身穿五色彩衣，分别骑着不同毛色的山羊，羊口衔着一茎六出的优良稻穗，降临楚庭。仙人把稻穗给了广州人，并祝愿此处永无饥荒。祝罢，仙人腾空飞逝，五只仙羊化为石头留在广州山坡。从此，广州便成了岭南最富庶的地方。这就是广州有"五羊城""羊城""穗城"名称的由来。

版本二：五仙降临的情形差不多，但时间是南海人高固为楚威王相时，即战国周显王时期。

用现代的眼光看，这两个版本都让人有点儿纳闷。五个外星人是骑着五只羊来的。那五只羊如果是飞行器，那外星人送完良种稻穗以后怎么扔下它们就跑了？如果那五只羊不是飞行器，那外星人还不如把它们像送稻穗那样送给广州人，干吗把它们落下又让它们化成石头？那多浪费，要不然，如今的广州除了盛产水稻，还能捎带着盛产些羊毛什么的。

版本三：晋朝时，吴修为广州刺史，还未到任，有五仙人骑五色羊，背着五谷来到广州州治的厅堂上。吴修于是在厅堂上绘五仙人像以示祥瑞纪念，并且称广州为"五仙城"。现在的广州惠福西路五仙观据说就是五仙人降临之地,广州人为了纪念五仙人在那儿专门修了五仙观,在大殿内还有五仙和五羊的塑像。这个版本的唯一漏洞,就是吴修还未到任,怎么看得到已经来到广州州治厅堂上的五仙样貌,还在厅堂上绘出来?

而据《广东通志》记载,五仙观历代曾多次迁建。宋代时在十贤坊(今北京路省财厅一带),南宋后期至元代在古西湖畔(今教育路一带)。明洪武十年(1377),布政使赵嗣坚将原五仙观改作广丰库,于今惠福西路坡山现址再建五仙观。

在今五仙观的东侧,还有一块巨大的江砂岩,上面有似脚印状的凹穴,称为"仙人拇迹"(即仙人脚印)。

听起来这也有点太不严肃了,仙人们的降临之地一忽儿被搬到这,一忽儿被搬到那,搬来搬去还搬出了个脚印来了,未免有些儿戏。不过,反正是有个他们落脚的地方,以供大家伙儿纪念也就是了。有趣的还是那个脚印,有这么天真可喜的一说,大家也就天真可喜地认可了。屈大均的《广东新语》说:"(穗石洞)有一巨石,广可四五丈,上有拇迹,迹中碧水泓然,虽旱不竭,似有泉眼在其下，亦一异也。"明清两代，这个"仙人拇迹"还先后以"穗石洞天"和"五仙霞洞"之名被列入羊城八景呢。广州人在这一档子事上的"求其"（随随便便兼漫不经心）和天真，令人莞尔。

至于最后落脚到惠福路的五仙观，在广州解放前就已经荒废，新中国成立后才重加修葺，可是五仙人像和五只石羊也没在观内复原。倒是在越秀公园用三十多块花岗岩石雕了一座巨大的五羊雕像，据说主羊头部的那块石料就有四千多斤重。

可传说中的动物为什么是羊而不是狮子、老虎、大象之类？有人做过研究，一路研究到原始社会时期，说这个传说可能是由广州地区原始民族的图腾崇拜而来，说那时我国南方曾经存在五支姜姓的部族，都以羊作为自己氏族的图腾，用黄、红、黑、白、紫五种颜色相区别。他们崇拜羊，认为羊是吉祥的象征，给他们带来了幸福。其中，又以在广州地区从事原始农业的"黄羊"一支最为兴盛，最拿手的就是种水稻（还是高产的），过上了较好的生活。总之，这个研究得出的结果是，在古代人们还不能科学地解释自然现象和历史现象，于是就给优良稻种编了这么一个美好的神话。

看来"黄羊"这一部族的人不仅培育良种水稻有一手,还捎带着出伟大的作家——早在原始社会,他们就已经创作了这么一个万古流芳的流行小说了。还好那是原始社会,又没版税,要不然他们肯定不搞良种水稻了,全当专业作家了。

再老一些的广州

他们说,"老广州"还不算老。

再老一些的广州,叫"番禺",当时是白云山和珠江之间的一片平地,在秦以前已是有一定影响的越族人聚居之地。但是,此番禺非彼番禺,和现在广州南面的大家一股脑儿往那儿投资房地产的番禺区没啥相干。

番禺城,大致在现今的中山四路、中山五路和仓边路一带,是秦始皇平定岭南后南海尉任嚣在这儿建的城郭。用现在的眼光看,顶多是一个大规模的住宅小区。直至明清时代,新老两城的范围也就是从地图上越秀路绕着镇海楼接上人民路,再接一德路、泰康路和万福路画出来的一个小框。

风水宝地不一定要大。《史记·南越列传》里记载，任嚣在临终前就对当初跟他一块儿南下平岭南的亲密战友兼副手赵佗说："番禺负山险，阻南海，东西数千里，颇有中国人相辅，此亦一州之主也，可以立国。"

后来，赵佗果然乘中原楚汉相争之机，在岭南建立南越国，定都番禺，自称南越武王，并统治岭南长达67年之久。这是岭南的第一个封建王国，其历史总共才93年，赵佗的在位期就占了不止三分之二。

当时南越国的范围包括了现今中国的广东、广西，及越南北部地区。凭着岭南险要的地理环境，赵佗的南越国高兴就称臣于汉，不高兴就"绝新道"叛汉自立。汉高祖刘邦对他采取怀柔政策，"遣陆贾因立佗为南越王，与剖符通使"，他就归汉。吕后瞧他不顺眼，对他"别异蛮夷"，即使给他耕田的牲口也只给公的不给母的，又掘他家祖坟，他就叛汉自立。吕后死后，汉文帝又对赵佗不错：为他重修先人冢，每年奉祀，又封官又派陆贾出使。赵佗才去掉帝制，再次臣服于汉。

赵佗立南越国后，番禺作为王国的都城，原来任嚣建的用作南海郡治的番禺城（即任嚣城）显然是小了，赵佗把它扩大为周围十里的都城，后称"赵佗城"或"越城"。在地图上大致是由中山三路芳草街一带到西湖路、广仁路、教育路，再到越华路的一个框。

但南越国对汉朝是一个难制的诸侯王国，"其居国，窃如故号"，实际上仍是独立王国。如果你现在有兴趣去逛一逛越秀山对面的南越王墓，看一看那儿出土的"文帝行玺"和"帝印"，就知道第二代南越王赵眜（一说赵胡）也是僭用帝号的。赵眜是赵佗的孙子，大概是赵佗这位南越国的开国君主太长命了，所以第二代南越王已经是他的孙子。

南越国算起来一共五位君主，最后的锅不知道该算是砸在谁的手里。

第三代南越王赵婴齐把王位传给了在长安宿卫时与汉族妻子樛氏生的儿子赵兴。婴齐死后，王太后樛氏与赵兴要求汉朝将南越列为内属诸侯，引起了南越丞相吕嘉的不满。吕嘉曾相三王，权倾南越，"宗族官仕为长吏者七十余人，男尽尚王女，女尽嫁王子兄弟宗室"。吕嘉对赵兴要求内属很不高兴（岂止是不高兴），遂萌叛汉之心；结果，于汉元鼎五年（公元前112）发动叛乱，杀了赵兴、王太后和汉使者,立赵婴齐越妻所生长子赵建德为南越王。

这下可算是捅了马蜂窝,汉武帝派五路大军进南越,元鼎六年(公元前111)就平息了南越叛乱,吕嘉和赵建德均被汉军擒获。也就是说,第四、第五代两位南越王都没当多久,南越国就收摊子了。

处处是层楼

旧时广州人不说"过江",而说"过海",从河南(珠江以南)坐船到河北,也说"过海",一直有追根究底的人觉得荒谬,甚至有人举此为例,说广州人夜郎自大。

有人听了不高兴,又去考究,考出的是沧海桑田的版本,说原本粤地是临海的,有越秀山上明洪武十三年(1380)建的镇海楼为证,"镇海"即"雄镇海疆"的意思。

又由于当时珠江水面辽阔,登楼东望,珠水滔滔,万顷碧波,所以镇海楼又叫"望海楼"。又因为楼高五层,广州人管它叫"五层楼"(有说它原来的名字就叫"五层楼"，"镇海"或"望海"是后来改的名字）。

依稀记得《广州日报》以前好像有一个深入民心、关注市井百态的小新闻栏目就叫《五层楼下》，专登读者来信或社会新闻小速写，三几百字一则，或一百字左右一则，一组几则的篇幅，以批评稿为多。当时民风淳朴，若有人当众执意干缺德事或蛮不讲理，众街坊邻里会说要把他写到《五层楼下》去，而肇事者通常也就会悻悻然，或者兀自嘴硬，但有所收敛。

广州人描述建筑物是有些奇怪的，喜欢以层数来称谓本市最高的建筑物，例如五层楼。有时则不，而具体的情形则又全看大家那一段时间的心情约定俗成。但陈济棠主粤时建的爱群大厦（1937年竣工）到目前为止仍然是享有"广州最高"之誉时间最久的建筑物，却没人说层数，被大家称"爱群"。

广州解放后建得最高的广州宾馆（1968年竣工开业），大家都说"二十七层"。当年说广州宾馆不一定人人皆知，若说"二十七层"，则人人颔首，一脸洞悉的表情。

至二十世纪七十年代是白云宾馆（1976年竣工开

业），广州人说"三十二层"。到改革开放后的广东国际大酒店（1991年竣工），大家还是说"六十三层"。

到中信广场（1997年竣工）建起来，大家才说"中信"。大概一是大伙儿一直没怎么去弄清楚它到底有几层（为了写这篇稿，很卖力气地打电话至发展商处努力地调查了一下，准确数字是391米，80层）；二是现在人们对高楼已经不稀罕了吧，而且知道它是最高的，已经足够了。楼总归是会越建越高的，总是会有人喜欢建最高的楼让咱们仰着头景仰景仰的。嘿，那么高，想不万众瞩目，还"不可得也"呢。

咦，再说回镇海楼。话说当年这楼，你如果"登楼眺望"，则"珠水云山，群峰叠翠，羊城景色，历历在目"。它被誉为"五岭以南第一楼"，"横波涛而不流，出青冥以独立，其玮丽雄特，虽黄鹤、岳阳莫能过之"。

镇海楼在六百多年里多次毁坏，明代成化、嘉靖、崇祯和清代顺治、康熙年间都有重修。1928年重修的时候，干脆就把楼里头的木楼层改成钢筋混凝土结构了，楼顶瓦脊和檐角、鳌鱼什么的那些装饰都是在石湾烧制的，只有门前的那两只石狮子和楼西侧的那块明嘉靖年间的《重修镇海楼碑》,是这楼保存下来的最早的刻石。楼里还挂了一副清代兵部尚书(相当于现在的国防部长)彭玉麟写的对联:"万千劫危楼尚存,问谁擿斗摩霄,目空今古;五百年故侯安在,使我倚栏看剑,泪洒英雄。"也有人说,这是彭玉麟的幕僚李棣华的手笔。

神乎其辞的事

清人屈大均在他的《广东新语》里对为什么要建镇海楼有一些神乎其辞的说法。他说，镇海楼"在粤秀山之左，洪武初，永嘉侯朱亮祖所建。以压紫云黄气之异者也"。也就是说，其实镇海楼是一座风水楼，除了镇海，还是要镇些别的什么东西。

这桩事故要说就得从头说起，话说：

> 南越武王赵佗，相传葬广州禺山。自鸡笼冈北至天井，连山接岭，皆称"佗墓"。……佗墓后有大冈，秦时占者言有天子气，始皇遣使者凿破此冈，深至二十余丈，流血数日，今凿处形似马鞍，名"马

鞍冈"。其脉从南岳至于大庾（岭），从大庾至于白云（山），千余里间，为危峰大嶂者数百计。来龙既远，形势雄大，固宜偏霸之气所钟也。冈南至禺山十二里，禺山南至番山五里，二山相属如长城。南控溟海，木棉松柏刺桐之属，一望葱青，实为灵穴之所结，故佗墓营焉。自南汉刘龑铲平二山，积石于番为朝元洞，积沉香于禺为清虚台，而地脉中断，然霸气亦时时郁勃。元至元间，广州人林桂芳兵起，称"罗平国"；南海人欧南喜兵起称王。又（后）至元间，增城人朱光卿兵起，称"大金国"。他如邵宗愚、王成辈，争战纷纭。幺麽草窃，是皆以东粤天险，绝五岭，通二洋，可以纂赵、刘之业而抗中原也。独东莞何真，灼知天命有归，不敢妄为一州之主以祸生民，诚为识时俊杰也者。洪武初，永嘉侯朱亮祖，戡定南粤，于越秀山巅建望楼（五层楼），高二十余丈，以压其气，历二百余年，清平无事。黄萧养僭称齐帝，即位五羊驿馆，逾月而亡，盖其验焉。岭南形势，盖与曩时大异，风气既开，峤路四达，梅关横隘，车马周行，泷水漓川，舟航交下，虽有强兵劲马，戍守不给,一夫夺险,势若山崩矣!

当年广州也有过其他的四座崇楼,唐时南面有清海楼,后来刘龚时已被凿了;北面是镇海楼;西面是观海楼,当时也已经废了;中间的是"岭南第一楼",在坡山的五仙观中,用来悬挂禁钟。屈大均说:"四楼惟镇海最高,自海上望之,恍如蛟蜃之气,白云含吐,若有若无,晴则为玉山(即粤秀)之冠。雨则为昆仑(番大舶也)之舵,横波涛而不流,出青冥以独立,其玮丽雄特,虽黄鹤、岳阳莫能过之。"

看完了这像卫斯理科幻一样的故事之后,我曾经特仰慕地去过一趟五层楼,可是以我的一双凡眼(而且近视)看去,实在是瞧不出什么端倪和门道来。爬到楼上,看到木棉花开得极盛,因为颜色血红,尤其觉得它们盛开到了舍命的地步,有些触目惊心。

那时五楼上的一角开了家小书铺,书背面的价钱大部分被纸贴住,另外标了价钱,也贵到了荒谬骇人的地步。从来很少想起"天良"这个词的我奔到楼下展馆的书铺问价之后才惊魂甫定,旋即就想起了这个词。我不认为有兴趣知道广州历史或了解广州的人就应当被人拦路打劫，或者，意图敲诈。

因为是看完屈大均的那段卫斯理式科幻故事慕名而来，怎么看怎么觉得那里是一处片场，热闹的好戏早就拍完了，而新戏又还没有开拍。演员们都不见了，连故事都淹没了，剩下的兵部尚书的那副对联是某个情节的暗示。你又如何能从一件道具推敲及推理出一个完整的剧本呢？算了算了，还是撤吧。

一边下山一边满腹狐疑地琢磨着那副对联里到底还有没有弦外之音。最后，我确定——那是一副好对联。

从越王墓到三元宫

如果有一天,你忽然有兴致站在广州南越王墓博物馆前看着堵塞的马路和车龙发呆,而心情又不算太坏;又正好碰上我刚刚恶补了一通南越国的正史,正喜滋滋地满街溜达着想着要找人抒发情怀;也许你会有耐心听我说一段一不小心捡回来的时空错乱、神神道道的野史。

《太平广记》里有一则名为《崔炜》的故事,说的是唐朝贞元年间,已故监察御史崔向的儿子崔炜,在庙里救助了一个乞食老妪。老妪遂送他能灸赘疣的艾绒。崔炜用它治好了一个老僧,老僧介绍他去治山下的任翁,故事由此曲折起来。

崔炜治好了任翁,任翁酬谢他十万钱,又留他住宿。

住宿期间，崔炜听见任女的琴声，于是也借琴弹奏，"女潜听而有意焉"。当时任翁家里供奉一种叫"独脚神"的鬼，每三年要杀一个人祭献它，杀人祭鬼的日子临近，但还未找着供杀祭的人。任翁突然变心，同儿子们商量说："……吾闻大恩尚不报，况愈小疾耳。"要杀崔炜。

任女偷偷报信，崔炜破窗而逃，任翁带着家童举刀狂追，崔炜跑得掉进了一个枯井，结果在井里碰着一条大白蛇。白蛇的嘴唇上也有疣，崔炜用艾治好了白蛇的疣，并求白蛇带他回人世。

白蛇驮着崔炜到了一处地下皇宫，见到四个古装女子。崔炜奏胡笳曲。"女皆怡然曰：'大是新曲。'"女子托羊城使者送崔炜回广州，并称皇帝敕令送崔国宝阳燧珠，又许齐王女田夫人予崔为妻。崔炜临走，女子又向其索要老姬的艾绒。

崔炜回广州后，发觉世上已过三年。崔炜去卖宝珠，有胡人告诉他："你一定进了南越王赵佗的墓，不然的话不应当得到这个宝贝，因为赵佗是用这颗珠殉葬的。"他才知道地下皇宫中的皇帝就是赵佗。胡人又说崔从墓中带出的宝珠是他们大食国的国宝阳燧珠，汉初赵佗派异人越山过海把它偷到番禺，已近一千年；有善观天象的人说国宝应当回来，故大食国王令该胡人预备船及资金在番禺搜索，"果有所获矣"。

崔炜又去寻访羊城使者，结果在城隍庙认出他就是庙中那尊神像；又查找到要杀他的任翁的房子，村里的老人说，那是南越尉任嚣的坟墓。

而送崔炜艾绒的老妪，就是鲍姑，即南海郡太守鲍靓的女儿、葛洪的妻子，经常在南海行灸治病。

说起鲍姑，广州人所熟悉的三元宫和她大有干系。即使是现在，位于广州越秀山西南麓的三元宫亦是广州香火最鼎盛的道教宫观。东晋元帝大兴二年（319），这所道观就是南海郡太守鲍靓为其独生女潜光（世称鲍姑）所建的修道之所。原名越岗院，因地处市北，后人又称北庙，至明崇祯十六年（1643）才改名三元宫，也是广州现存最早的道观。即使是已经跨入二十一世纪的今天，每逢农历的初一、十五，如果你在清晨走到三元宫附近，会发现那里早已是人头涌涌，香火缭绕，蔚为壮观。

鲍姑是葛洪的妻子，而葛洪也是正史里有的人物。广州人和华侨对"葛仙翁"这个名号，一点都不陌生。葛洪的从祖父葛玄是三国时吴国的道士，相传随左慈学道，受《太清》《九鼎》《金液》等丹经，后在江西省的合皂山得道成仙，道教尊他为葛仙翁，又称"太极仙翁"。

葛洪得此渊源，也学道炼丹，往返广州、罗浮之间，于是广东人也称他葛仙翁。司马睿任丞相时，力邀葛洪出来从政，先任咨议，后又调为军职。葛洪从儒而道，从文而武，可算是十项全能。葛洪在罗浮山炼丹时，从水银中炼出朱砂，这是我国第一味人工化学药物。放到现在，炼丹士应该算是医学和化学的专业人才，而葛洪以这两方面的成就，即使不得诺贝尔奖，最起码评个教授是绝对没啥问题的。

南海郡太守鲍靓的这位女婿，在正史里也是"学兼内外，明天文河洛书"的文武全才。炼丹、治病、从政、当军官样样都来的同时，还顺便写了上百卷碑文诗赋，撰写了《抱朴子》，《玉函方》（《晋书》作《金匮药方》），后来见这本书部头太大不便利用，又再编《肘后备急方》，还著有《神仙传》，又托名汉代的刘歆写了《西京杂记》。

而葛洪和鲍姑深入民心的感人事迹，还是为老百姓治病。他们给穷人治病多不收钱,开的是简单易得而且价钱便宜的药。并且夫妻俩各有擅长:据说葛洪精于针灸之术,有手到病除之效,当时人称他是扁鹊再生。三元宫里原来还有针灸经络图的碑刻,说是中医史的重要资料。至于鲍姑的擅长项目,则和故事里说的一样——用艾治人。传说当时越岗院内有口虬龙井,井边生赘艾(红脚艾),鲍姑常用这井水和艾叶来治病救人,远近百姓慕名而来。只是夫妻俩的办公地点和修行之地,一个在三元宫一个在罗浮山,有点儿远,不过二人都已是神仙人物,或者根本就对距离没感觉。

那个时空错乱的故事中的崔炜,后来"居南海十余载,遂散金破产,栖心道门。乃挈室往罗浮访鲍姑。后竟不知所适"。而墓中的赵佗对他如此关照,其中的渊源是因为崔炜的老爹崔向偶尔在登越王殿台的时候写了首唏嘘感慨的诗:"越井冈头松柏老,越王台上生秋草。古墓多年无子孙,野人踏践成官道。"而广州刺史徐绅登越王台的时候正好看见了这首诗,还看得大点其头,之后就派人重饰了殿台。南越王赵佗地下有灵,一高兴就关照起崔向的儿子来了。

至于赵佗墓,清代顺德人梁廷枏所著的《南越五主传》载,赵佗出殡的时候,有四副同样的棺椁,行同样规模的仪式,同时向东、南、西、北四门出发的,到了一定地点就不准人们前往,所以墓穴地在哪儿、哪个是真的、哪个是疑冢,根本没人知道。

据五世纪成书的《南越志》记载,三国时,吴国的君主孙权"闻佗墓多以异宝为殉,乃发卒数千人寻掘其冢,竟不可得"。三国时期上距汉初只有三百余年,已经无从寻找,可见南越王墓造得极其隐秘。挖了半天,没找着赵佗的墓,也没找着赵眜的墓,倒是挖着了赵婴齐的墓。到了近两千年后,因为广州有个单位要在象岗山建房子,基建平土的时候才一不小心挖出了第二代南越王赵眜的墓,遂建了现在的南越王墓博物馆。

史书上说,南越王三代的墓都建在番禺(现在的广州),可是,这赵佗的墓就是一直都没找到。而且广州近五十年来到处开路建楼,也都没有发现赵佗墓的踪影,就连一座疑冢都没发现过,也算是一桩悬案。也就是越秀山下面没怎么挖过了,保不齐是在那下面吧。

粤 人

"粤人"本来应该是"越人"。

"南越"一词,最早见于秦汉史籍,《史记》中通称为"南越"。《汉书》中又把南越称为"南粤",今天广东省的简称"粤"就来源于此。

典型的粤人很容易被认出来。

略黑的肤色,凹眼窝,双眼皮,略扁的鼻梁,饱满的嘴唇。一张嘴,是肆无忌惮、不咸不淡的普通话。北方人说:天不怕,地不怕,就怕广东人说官话。

如果你是个说普通话的人,到了广州,情形更热闹。首先,你发现你像到了另一个移民星球。暧昧的四季,燠热潮湿的天气,像进了焖烧锅。然后,你发现你什么都听不懂，连猜带琢磨地愣听，还是不懂。终于你找到了要热情地接待你的广州人，他们总是不分青红皂白就把你往吃饭喝茶的地方领。而这里，吃饭喝茶的地方总是人满为患。

他们让你喝茶，喝汤，吃生猛海鲜，吃各种贝壳，吃鸟，吃蛇，吃龙虱，吃田鼠，吃猫，吃狗，吃禾虫——吃各种你觉得千奇百怪、匪夷所思的东西。他们总是在不停地商量下一站去哪儿吃饭喝茶，尽管这一顿还没吃完，你已经撑得只有两只眼珠子偶尔还能吃力地转动一下。

他们的主食总是米饭。最后一道菜总要蒸一条鱼。他们结束一顿饭的信号是找侍者要一把牙签。有时候他们结完了账，不知不觉地叼着牙签就大模大样地走在大街上了。

如果你在广州待的时间长一些，你还会发现广州人会矢志不渝地关注你的健康，他们通过热情地建议你吃五花八门的汤水、菜肴、炖品来调理你的身体。他们觉得你的身体里有清不完的湿和热，他们告诉你现在正在吃的这盅炖品是温补或者大补的，还有，这个菜寒凉，那个菜上火，等等。如果你们中间少了那张饭桌，少了茶楼食肆那种轰轰烈烈的人声和排山倒海的场面，那么广州人对你的那种满腔的热情和爱心，真是不知如何表达才好。

其实，即使你在四千年前来到这里，一样会受到这样的招待，粤人在吃的方面，变化不算太大。《史记》里就记载说，"楚越之地，地广人希"，粤人们是"饭稻羹鱼"的，吃米饭，喝鱼汤。亚热带的气候，加上密布的海湖港汊，各种果实和水里的虫蛤贝类，简直是唾手可得，根本就"无饥馑之患"。所以吃是不愁的，有稀客来访，顶多也就是烧饭摘果，打鱼捞虾摸贝壳地一通忙乎。

但四五千年以前的广州人才是真正意义上的岭南土著。现在的人虽然看起来还是和中原汉人有点儿区别，可大部分已经是汉族了。秦平岭南的时候秦始皇从中原大规模移民，即"以谪徙民，与越杂处"，南迁的除秦军以外，还有以后迁徙来的不少商人、受贬谪的官吏、罪人，及一大批缝衣妇女。据《史记》载，秦末，赵佗"使人上书，求女无夫家者三万人，以为士卒衣补。秦皇帝可其万五千人"。为数有几十万人。

即使是现在的粤语，除了保留有南越本地的语言，也还包括了中原的一些古代语言，是汉越文化的混合体了，而古代越语和汉语在基本词汇和语法上是不同的。广州的小孩学古诗，有时候觉得用粤语读起来更押韵和朗朗上口，也容易分平仄，据说就是因为粤语里包括了一些中原的古代语言，和原来的读音更接近。

再说真正意义上的岭南土著。其实现在更多地保留着古代越人特征的是黎族和壮族，如果一定要追究，那么据人类学家测定，四五千年前岭南的土著居民和汉人在体质特征上是有一定差别的。岭南土著的主要特征是普遍身材较矮，面部狭小，眼睛较大而鼻梁较低，颧骨突出，皮肤较黑。当时岭南越族的分布地区，大部分就是今天的两广地区和越南的北部。今天的广州地区在秦汉时不仅是南越族的聚居地，并且是其经济和文化中心。

不过，在今天的广州和珠江三角洲一带，如果你问起当地的居民他们是哪个民族的，他们中的绝大多数会告诉你，是汉族，粤人已经不再是史书上中原人对岭南民族的称谓。

在今天，粤人的概念是：如果你的籍贯是广东，你就可以算是粤人。

如果你住广州，你就更可以算是粤人了，因为，广州一直就是广东的省会嘛——你就可以到处名正言顺地热爱生猛海鲜和尝试各种稀奇古怪的虫蛇鸟兽食物,从早到晚地喝茶,还可以叼牙签。大家还会理解地说:噢,你是粤人嘛。

辑四

荔湾 西关
粤讴 南音 八音班
自梳女 顺德妈姐

之所以叫西关

说起老广州,我们总会提起西关。然后又补充说,西关大致就是现在的荔湾区。

当年,荔湾区是因为区内荔枝湾得名,在新中国成立前称为"西关",即广州城西地区。行政上是由民国时期的黄沙、陈塘、逢源、长寿、西禅、南岸、沙面7个小区在1950年6月合并为3个区,1952年9月3个区再合并为西区,1960年西区和中区部分地区合并成荔湾区。这是广州最富饶之地,"西关大屋"即指富人的居处。

"西关"一名,最早见于清初在西关长寿寺之西设立的西关汛。

自有西关之名起,西关区域常依其发展情况而变动。

西关马路大多开于二十世纪二三十年代，马路较窄，荔湾西部的重要道路如黄沙大道、南岸路、环市西路、中山八路等则是新中国成立后才修筑的。以前西关以泮塘为最西，再西为池塘区了，即全西关以平原和河涌为主要自然景观，山岗很少，只有在东北角上有一西山，可和广州市东面的东山相对称。

广州未拆城开路以前，市内分为东、南、西、北大小四区。从区域来说，就是东关、南关、西关和北门。因为北门以外都是山区，所以没有北关的名称。虽然同是广州的地方，但风土人情、语言习惯、富庶贫瘠，也有很大区别。明朝的文人黄佐说过"东村、西俏、南富、北贫"，就是说：东关的人多数朴实而带有乡村的气质；西关的人爱好时尚，装门面；南关多富庶；而北门比较贫瘠。

从历史上看，西关这地方，在经济、文化、商业或富户各方面，一向被称为兴盛。

西关的区域范围，以前向有上、下西关之分，大概是由第一津到太平门等地方为上西关，下西关就是由光复中路以西至黄沙华贵路之观音桥一带地方。

清代十三行的洋商及一般商业行庄，都集中在下西关，富绅巨贾以及科举人物的馆舍住宅，也多数建筑在西关。其时潘、卢、伍、叶四大富家都住在西关：潘氏住在颜家巷及连庆桥附近的海山仙馆；卢氏住在十七甫；伍氏的住宅在十八甫，现在的富善东、西街就是它的两个正门；叶氏则住在十六甫。

至于科举人物，最吃香的就是三鼎甲：状元、榜眼、探花三及第。当时的状元梁耀枢，住在十一甫状元第，榜眼谭宗浚住在十二甫，探花李文田住在至宝桥。所以，从前的富贵人家，多集中在西关一带。

其实，你可以坚定不移地总是拿"荔湾"去置换"西关"这个词。广州人骨子里的旧和固执从这里也可以看出来，"荔湾区"这个名称其实已经出现几十年了，但是，我们好几代人还是更习惯地说更老的词，我们还是固执地说，西关。

荔枝湾和荔湾区

今天的荔湾区是以荔枝湾而得名的。

荔枝湾有两千多年的历史,是千百年来有名的消夏游乐地,素有"小秦淮"之称,地处广州西隅,旧属南海县恩洲堡泮塘乡,与花埭、芳村一水之隔。湾水出口处,可通石门与白鹅潭,有江中的大坦沙横亘其中,亦是天然的水上游乐区。

荔枝湾在过去没有新旧之分。新荔枝湾的范围,从现在的广州市第二人民医院右侧桥脚(多宝路西头)起,一直延伸到西郊泳场东边。

至于旧荔枝湾的范围,大致是东起荔湾东约(现在的荔湾路中段),西至现在的荔湾湖公园西河边的"红荔湾头第一村"石匾以及何仙姑庙旧址一带。现在的荔湾南约和荔湾北约都是这条湾水流经的地方。此外旧荔枝湾过去还有一条支流斜向西北与彩虹桥小河接通，在未辟为荔湾湖公园之前，还有刻着"红荔湾头第一村"的石牌坊竖在涌边。

新荔枝湾在二十世纪二十年代初期，只有少数接客过渡和游河的小艇（俗称"舢板"），稍大的名"四柱大厅"。自从"西郊泳场"和"海角红楼"相继出现以后，游艇顿增，而且有新型游艇（画舫）逐渐代替了旧的游艇（舢板）。

这些新型的游艇，艇身涂以天蓝色的漆油，上设帐篷，两旁挂着帘幕，中间陈设精雅。有些艇自定名号，如"流云""素月""清波""濯锦"，此外有些艇还在篷头支柱上挂着一副小对联。

在那时"海角红楼"海面这一带是游河的终点，也是游艇最集中的地方。这一带不但有游艇，而且有专供豪商权贵游宴的紫洞艇和酒菜艇（如"老九记"等），有艇仔粥艇（如"生记""小神仙"等），有叫卖海鲜和生果、香烟、饼食的小艇，有出租留声机或卖唱的小艇。每当夏天，专门叫卖荔枝和西瓜的艇就更多了。

新荔枝湾的最繁盛期是在陈济棠主粤时。

当时的游客大致有两类：一是画舫的游客，游客中有一般的市民、知识分子和慕名而来的海外人士等；二是紫洞艇的游客，多是豪商权贵。他们主要目的不是游河，而是利用紫洞艇来饮宴、赌博、玩赏歌妓，或利用这里作为钻营官爵、承包税捐等交易的场所。

到了日本侵略军占领广州时，由于出河口的珠江河道被日寇封锁，游客一度大减。直到陈耀祖当汪伪广东省省长之后，游河出口处重新开放，荔枝湾又逐渐兴旺起来。

追究荔枝湾的故址，甚至可以远溯到公元前206年赵佗在广州自立为南越王的时候。据考证，荔枝湾的故址就是在陆贾城之西。可知早在公元前200年左右，就有荔枝湾了。

相传汉朝时，旧荔枝湾已种荔枝。唐末以广州为中心，有一个割据岭南的政权，史称南汉，其末代君主刘鋹所经营的"昌华苑"就建在荔枝湾这块地方。每年夏季，蝉唱荔枝熟时节，南汉王刘鋹便和妃嫔、内臣在荔枝湾大摆"红云宴"，饱啖红荔，寻欢作乐。相传"红云宴"之际，偶有骤雨，妃嫔宫娥急避，珠玑金钗失落不少。后人因而在荔枝树下、莲塘里不时获得首饰。

而在元代，皇帝忽必烈（元世祖）和铁穆耳（元成宗）喜欢饮用柠檬汁制成的"舍里别"（即解渴水，简称"渴水"），于是下令在广州荔枝湾建起了一个御果园；园内精工栽种八百多棵柠檬树——"广州园官进渴水，天风夏熟宜檬子。百花酝作甘露浆，南国烹成赤龙髓。"

明代时，荔枝湾已成为平民百姓可以涉足的胜地。羊城八景之一的"荔湾渔唱"就是指渔民清早出江捕鱼，黄昏归舟，渔歌互答的诗情画意。

清代时，荔枝湾仍保持江南水乡的特色。张维屏的"千树离支四围水，江南无此好江乡"中"离支"即荔枝，这是荔湾风光的生动写照，荔基莲塘的景观更是民歌常咏的题材。

清末有《羊城竹枝词》说："不养春蚕不织麻，荔支湾外采莲娃。莲蓬易断丝难断，愿缚郎心好转家。""荔支湾外夕阳沉，荔支湾下野水深。郎过泮塘莫折藕，藕丝寸寸是侬心。"

晚清时期广州豪商大户潘仕成所经营的海山仙馆就在

荔枝湾之西，即今广州市第二人民医院和其对岸的一大片地方。那时，海山仙馆还植有不少荔枝树，清代书法家何绍基（字子贞）曾写了一副对联赠予潘仕成，联云："无奈荔枝何，前度来迟今太早；又乘花舸去，主人长醉客常醒。"此外，海山仙馆也有一副涉及荔枝湾的楹联："海上有三山，风景依然，玉箫何处？岭南第一景，黄梅时节，红荔湾头。"

自从海山仙馆被抄入官，经过地方官的拍卖，原来的海山仙馆分割为彭姓所有的"彭园"（主人彭光湛，园址在今广州市第二人民医院后边）。

对岸这段馆址为陈姓所有，改为"荔香园"（主人陈花村是汪精卫老婆陈璧君陈氏家族的一员）。

两园隔河相望，在附近还有汇丰银行买办陈廉伯办的"荔湾俱乐部"（在今荔湾涌边一马路的东段路口偏南地方）。"荔湾俱乐部"是以陈廉伯为首的一班洋务人员、买办和大资产阶级半公开式的活动地点，他们策划广州商团事变时曾利用此作为司令部。第一次国共合作时，孙中山、廖仲恺、林森、汪精卫、李宗仁、陈独秀、徐谦等都先后到过荔香园做客啖荔。陈独秀还即兴作了一联："文物创兴新世界,好花开遍荔枝湾。"

广州沦陷后,荔香园横门还留着用石灰批荡的对联:"临水竞张云锦画,迎凉齐唱火珠词。"

广州的富贵人家,当时都种荔枝。《广东新语》卷二十五《木语》说:"东粤故多荔枝,问园亭之美,则举荔枝以对。家有荔枝千株,其人与万户侯等。故凡近水则种水枝,近山则种山枝。有荔枝之家,是谓大室。当熟时,东家夸三月之青,西家夸四月之红,各以其先熟及美种为尚。主人饷客,听客自摘,或一客而分一株,或一株而分十客,各以其量大小。受荔枝之补益……"

二十世纪二三十年代时,新荔枝湾一带仍盛产荔枝。游客付数角的代价,便可随意游憩,上树采摘,饱啖荔枝,但不准带走。

那时,夏季到荔枝湾的游客还有一种叫"游河"的消遣。

特别是抗战胜利后,人们乘坐游艇、舢板,沿荔枝涌出珠江,到海角红楼。沿途红荔夹岸,荷香数里,波光潋滟,令人陶醉。那时节,游艇如鲫,海鲜虾艇、鱼生粥艇、烟酒果艇,来往穿梭。荔枝、西瓜、海鲜、香烟和艇仔粥的叫卖声,管弦声,咸水歌声,嬉笑声交织一起,构成一组别有情趣的南国城郊水乡风情画。

后来,由于城里的人口逐渐增加,荔枝湾的河溪两面成为菜农、贫民聚居之地,同时也变成了若干条村,如荔溪东约、南约、北约等,又如泮塘首约至五约等。

在行政区划中,区名亦与"荔"字结缘。1950年6月,即有荔湾区的建制。当时的荔湾区仅是今荔湾区的一小部分,在1952年广州各区调整时,并入西区。1960年夏,广州调整行政区划时,荔枝湾所在的西区便更名为荔湾区。

如今当你驱车在广州的荔湾路、中山八路、黄沙大道(北段)、多宝路(西段)、龙津西路兜圈时,你可相信这些车如流水的闹市,昔日是"一湾溪水绿,两岸荔枝红"的水乡?荔溪古道,荔溪东约、南约、北约,荔湾涌,荔湾路,荔湾湖公园和荔湾区等地名,能否帮助你窥见其昔日风貌?

白荷红荔泮塘西

《广东新语》卷十七《宫语》"名园"条有这一段："又五里有荔枝湾,伪南汉昌华故苑,显德园在焉……其在半塘者有花坞,有华林园,皆伪南汉故迹。逾龙津桥而西,烟水二十余里,人家多种菱、荷、茨菰(今作"慈姑")、蕹芹之属,其地总名'西园'矣……"南宋王象之《舆地纪胜》亦说:"刘王花坞,乃刘氏华林园,又名西御苑,在郡治六里,名泮塘,有桃、梅、莲、菱之属。"

上面所说的"半塘",就是今天的泮塘。现在泮塘五约的街口闸门上还有石刻"半塘"两个字,是同治年间重修的。闸门还有一副石刻的对联:"门接水源朝北极,路迎金气盛西方。"

其实无论新、旧荔枝湾,原来都是珠江江边的沼泽地,河汊纵横,地势低洼。当时人们为了与水争地,抗洪防潮,修筑基围。堤基种植荔枝树,水塘或养鱼,或种藕,构成了荔基鱼塘或荔基莲塘的水乡景观。羊城西郊有这样的田园佳景,自然吸引久居闹市的城内居民和做客羊城的诗人墨客。

"半塘"的意思,就是半溪半塘。

几十年前,邻居阿婆领着我们几个小孩去泮塘的水田里去捞浮萍,荔枝树早就不见踪影了,水田里种着通心菜或西洋菜,荷花也没有了。"白荷红荔泮塘西",不知道是多少年前的美景了。

我们去捞浮萍的时候,泮塘附近住的很多人家恐怕是菜农,但也有推着自行车上班的人从那里走出来。

白荷红荔虽没见着,但著名的泮塘马蹄和马蹄粉还是有的。仍然记得每逢收获马蹄的季节,那里几乎家家户户门前摆一个大木盆,里面浸着马蹄,人坐在木盆的旁边,用小刀飞快地削马蹄皮,一个个削好的白白胖胖的马蹄被飞快地扔进另一个盛着清水的盆里。

这些堆得像小山一样的马蹄，是用来做马蹄粉和制过年时吃的糖马蹄的。在过年吃的糖点果脯里，我一直认为糖马蹄是最好吃的，而马蹄粉，可以像藕粉那样用开水冲成糊来吃，还可以蒸马蹄糕。有一年暑假，我一直和一个小同学在一块研究如何蒸马蹄糕，在折腾了她家起码两斤泮塘马蹄粉之后这个试验才大功告成。那时候泮塘马蹄粉的包装是颇有怀旧味道的，半斤一份，用纸包裹，上面贴一张红纸。

泮塘旁边有全国最大的园林式酒家，叫泮溪。

那时候去泮溪酒家喝茶吃饭是一个盛大的节目。泮溪酒家旁边是荔湾湖，广州人又管它叫人工湖，因为是人们义务劳动挖出来的。其实东山的东湖也是人工挖的，不过，在西关，如果说人工湖，就是指荔湾湖。

泮溪酒家里有曲折的廊桥直伸到荔湾湖，廊桥的尽头是一座画舫似的吃饭的地方，像浮在水面上。而其他吃饭喝茶的部分我觉得和别的老式酒楼没什么太大区别。不过，间隔全部用古色古香的满洲窗。

以前喝茶吃饭，要到叫结账的时候才数碟子算钱，于是有人会把碟子藏起来，或者是扔进荔湾湖。

那时候就知道泮溪里有个点心师傅叫罗坤，会做像小白兔那样的点心，有个国家的总统夫人来了，还舍不得吃，要打包带走。

泮溪酒家的拿手糕点里当然有用泮塘马蹄粉蒸出来的马蹄糕。当时，西关一带还有用新鲜的马蹄磨浆现蒸的马蹄糕售卖，就是生磨马蹄糕。这是我们老百姓可以吃得到的，不像那些长得像小白兔的点心，只能看看照片吞一口唾沫。后来长大了，听说那也就是做得好看些的虾饺。虾饺谁没吃过？遂也就不那么馋了。

泮溪酒家的天井里有老榕树，在别的酒家里恐怕再也见不着这种奇景了，这也是园林式酒家的好处。

再说回泮塘，据说泮塘以出产"五秀"而出名，分别是莲藕、马蹄、菱角、慈姑、茭笋。五样东西都吃过，但因为在泮塘乱捞浮萍的时候没看见荷叶、荷花，所以不知道莲藕是不是泮塘所出。马蹄吃得最多，出处也最肯定，而菱角通常在中秋节才吃。至于慈姑和茭笋，两样都是要配肉来煮才好吃，当时也顺便帮家里买菜，记得很清楚曾经兴高采烈地跟着邻居阿婆在泮塘的市场拎过这两样东西回家去。

那时在泮塘的巷子里头见过一座庙,现在才知道是仁威庙,供奉北帝水神,听说已经重修,想来应该是堂皇而焕然一新了。记得少时常常走过那里,看见里面有人蹲着择菜、淘米、做饭,有人带着小孩子;如果不是门前立着的那两个柱头上刻着石狮子、柱身上雕龙的花岗岩石柱和那两扇大门,根本不知道是一个庙。

现在,那些菜田和水塘有很多早就被填掉盖房子了,也不知道那里还卖不卖那种一包一包的马蹄粉。

"一叶轻舟去,人隔万重山"

粤人是善歌的,可是,你不能以现在的美声、民族又或者是通俗歌曲的标准来衡量那是不是好听。北方人常常因此而骇然。

如果你不是在这里长大和从小听惯的,你会觉得粤地的女声尖锐,而男声太过于本色或者喑哑,而且拖沓。

当然也有惊喜的,北方人比较能接受的是一首童谣:"鸡公仔,尾弯弯,做人新抱(媳妇)甚艰难……"旋律奇异而优美。

可是广州人,仍然会自顾自地哼上或铿锵,或婉转,或幽怨,或劝世的几句。但听得有人使劲地咳一声清清嗓子,随后众街坊邻里就会齐齐收到一声铿锵的囔囔:"一啊——叶,轻啊——舟——去!人啊——隔,万——重,山啊——"有时候会有回应,有人开始唱另一出戏:"雾月夜抱泣落红——险些破碎了金钗梦——"

很久以前了吧,我完全不知道我什么时候竟能唱两句或是吆唱两声了,还是在卡拉OK里才发现的,好像生来就会。天晓得我其实只现场看过一次《搜书院》的全本,听过一两次红线女在晚会上唱《卖荔枝》和一段《昭君出塞》。

至于新马师曾的《万恶淫为首》,电视上每次的慈善募捐盛会一定会唱这首,最后必然祭出的筹款必杀技——全场立刻掌声雷动,群情汹涌,钞票支票纷呈。而且有时候唱者是一边唱一边抱着透明的捐款箱去收钱的,因为这是一首乞讨时陈述惨情的曲子。多年以来,广州人和香港人已经被熏陶得在晚会上一听此曲就想奋勇掏钱。

再说回粤剧,其在广州之深入民心到连我们这种完全说不上有兴趣的"后生一辈"(老广州们是这样说的)都能略数一二。

如果你小的时候住在西关,在那个完全没有游戏机和电脑的年代,即使家里没有戏迷,也会在左邻右舍有一句没一句的言传身教中耳濡目染，被弄得终于在某天某种闲聊叙旧的场合中，露出一副深明大义、洞悉内情的样子，一如当年你的那些属于上一代人的左邻右舍。

《帝女花》说的是明朝公主和驸马在洞房花烛夜双双喝毒酒殉情殉国的故事。

一声"落花满天蔽月光——"街知巷闻，随便拉个人就可以接下去："借一杯附荐凤台上——"还有开头的念白："倚殿阴森奇树双——明珠万颗映花黄——如此断肠花烛夜，不须侍女伴身旁——下去……"这里的破折号是广州人熟悉的锣鼓声"笃锵——"。然后当然是两个人都没死成，否则戏还怎么做下去？

唐人蒋防作有传奇《霍小玉传》，写痴心的霍小玉和没良心的李益。后来汤显祖以之为故事主干，改编创作出著名的《紫钗记》，戏中李益成了情圣。

粤剧《剑合钗圆》则是对《紫钗记》的改编节选，戏里的霍小玉是洛阳郡主、霍王的女儿，而李益则中了状元，且是情圣兼孝子，而黄衫客则是位王爷。李益要另娶权贵之女完全是被迫的，宁死不从。末了，霍小玉还被黄衫客点醒，披挂上郡主的凤冠紫衫到相府理论争夫。最后王爷现身主持正义，李、霍两人再续前缘，剑合钗圆。

《十五贯》里那娄阿鼠一出场气氛就开始活跃，到最后他被清明的官抓起来了，大伙儿也不太痛恨。他一直就是一个白鼻子的小丑，有一点点的狡诈，总的来说还是蠢加坏的小人。是坏人，白鼻梁上可以黑白分明地写上个"坏"字，但不是曹操，那是大白脸，大奸大恶。

《游龙戏凤》是明朝正德年间皇帝调戏民间良家妇女的风流韵事，所有前面的铺垫布置都是为了调情的那段，两个人你一句我一句，曲词完全像咸水歌，市井俚俗。那李凤姐肯定不是个淑女——然而这俩人有个皆大欢喜的结局。也许野花真的挺刺激，收进宫里去也还是野的和辣的。不过，似乎在正史里，那李凤姐进宫之后还是被打到冷宫里去了。皇帝总归还是花心和善忘的，但在戏里，大伙儿总还是拣高兴的事来说。

广州人除了听好嗓子唱戏之外，还爱听"豆沙喉"。

印象中文觉非是出名的"豆沙喉"，通常演诙谐逗趣的白鼻子角色。尽力搜寻的儿时记忆中，在收音机里听他唱过《打铜锣》。他在这出戏里唱一个有觉悟的角色，劝一个自私自利的农妇大嫂不要放自家的鸡鸭去生产队的稻田里吃谷子。满街的小孩都学他沙哑扁平的念白："收割季节——谷粒自保——各家各户——鸡鸭——关好——""我冇饮到酒又冇吃到鸡，吃了亏，冇谂住蚀底……反丢失咗个锣——槌！"

另外香港人到现在有时还会冒出来的一句"英雄落难筲箕湾，不知何日到中环"，应该也是以丑角"豆沙喉"的声音唱的；查资料时才发现出处竟然是几近一百年前的名丑蛇仔利当年唱的几句："英雄落难筲箕湾，得闲同埋兄弟落铜锣环。哗喇喇，两步跨到扯旗山……"

很小的时候，依稀有印象："靓少佳"是出名的，名字也很好听；郎筠玉则是女的，还是靓少佳的夫人。

罗品超也出名。罗品超通常是演正气凛然的英雄，又或者是英俊的书生，不过我觉得他可没有王润身演的杨子荣来得威风和好看。

芳艳芬是著名的，红线女是著名的，看过一些旧照片，觉得她们年轻的时候真是南国丽人。后一辈著名的似乎有林小群。红线女的女儿红虹，广州人也是知道的，后来似乎是因一次演出什么的跑到台湾去了，市井中议论纷纷，当年是一则小型本埠新闻。后一辈出名的还有倪惠英。

印象中当时花旦的戏里,卢秋萍演的是热闹好看的,她声音又脆又泼辣,眼睛又大,演起戏来滴溜乱转,煞是灵活,而且,用广州话来说,有别人不及的"姣"。记得幼时在电视上看她演《拷红》,竟然看完全场;后来等我年纪稍大时,又觉得她很可以去演王熙凤。

在上一辈的香港人心目里,任剑辉和白雪仙也是出名的,两个都是女人,任总是反串男角。现时香港电视台深夜播的粤语残片,还可以看见她俩,还有梁醒波和新马师曾。

但听说前一辈的超级偶像是薛觉先、新马师曾、桂名扬、白驹荣和廖侠怀。这是当年粤剧的五大流派代表人物。薛觉先除了有着"薛腔"和薛派掌门的地位之外,据说其传奇还在于他是个"万能"的文武生,可以反串女角,如《貂蝉》《西施》《杨贵妃》《王昭君》中的四大美人。往往上一场演男,下一场演女;一回演父,一回演子;这一遍文戏,那一遭武打……令人眼花缭乱,叹为观止。

在老戏迷的心目中,新马师曾已经是后辈,一直有人称其"新马仔",但新马师曾也已成名数十载,享年七十多岁,身家过亿,已于1997年去世。他去世前后的家中争产案曾经是香港颇大的本埠新闻和相当长一段时间内的娱乐头条……实在是岁月如飞刀,但戏迷们一直是忠心的。

而南音,幼时听街坊提到过白燕仔。我依稀记得有见过李丹红在电视晚会上唱南音的印象,嗓音是低沉的;而且当时年纪小,误以为南音就是唱男声,稍大才知大谬不然。想起有朋友形容嗓音低沉的广东女人说话——"像赤铜",让人想起赤铜的暗色和质感。

八音班与"师娘"

在广州,你随时可以从收音机播放的曲艺节目里、大型的曲艺演出场所中,甚至从归侨的口中,听得到那音韵悠扬的粤曲。

今天的粤曲是一种以梆子、二黄为伴奏,用广州方言演唱的弹唱乐曲。它的发展历史有一百多年。

清代道光年间,中原及湖北汉口一带已有不少戏班来过广东。在这种影响下,广东出现了用方言演出的粤剧团体。当时喜欢看戏的人不少,戏班满足不了需求,于是出现了以粤曲清唱为主、在农村演出的"八音班"。

清末时,八音班到了盛行期。民间每逢生辰喜庆、迎神赛会,总要请八音班到场演出。现在农村中还有人习惯叫戏班为八音班的。清代衙门为了讲排场，逢喜庆、宴会、开膳、官员升迁，甚至初一、十五的官僚拜会都要叫八音班演唱。

清同治年间，"师娘"演出形式出现，并渐渐取代多人演出的八音班。

"师娘"是指一些双目失明的女艺人，多数从小被遗弃，被卖给懂曲艺的"养母"；经严格训练，学会使用几种乐器和唱腔，一般十岁左右便要出场表演，收入全归"养母"；成年之后，要出很高的赎身钱才能自由。

"师娘"一般自弹自唱。每天入夜以后，由人带路，提着小油灯穿街过巷，沿门卖唱，声誉较高的还会受聘于茶楼，在民间节庆时被邀请。

辛亥革命前后，广州茶楼多以开设粤曲演唱作为招徕顾客的手段，所以这时"师娘"多到茶楼演唱卖艺。到了二十世纪二十年代中期，茶楼演唱台上，几乎都换成了"开眼女伶"，而"师娘"只得重过流落街头的生活。

女伶们

在女伶大量登上茶楼演唱曲艺的十年左右内,粤曲发生了较大的变化。当时不少茶楼大厅设有歌坛,坛上摆一张茶几、两把椅,左为首,右为次。演员分别坐下,台下有乐队伴奏。女伶们不再是自弹自唱了,在开场及间场时,伴奏乐队还演奏乐曲。

这时的曲目不再单从戏曲班本中来,而是由一些作者专门撰写。一批有音乐修养的专业乐师,协同演员设计唱腔。在这一时期,原粤曲的所谓"十大行当"唱腔(小生、花旦、小武、武生、公脚、花脸、正旦、正生、老旦、丑生)经过提炼归并演变为大喉、平喉、子喉三大唱腔。

大喉、平喉为男角声，声分武、文，子喉为女角腔。更值一提的是，这时粤曲融会吸收了广州方言区的民间说唱小调，如木鱼、南音、龙舟、粤讴等。一批完整的广东音乐乐曲，甚至连梆子、二黄的许多板式的过门引子，南音的多种长引子都被填词演唱，这与粤曲由长篇变为短篇清唱是同过程的。今日粤曲中许多曲牌，都是那时融合或形成的。

这个时期，粤曲坛上由于女伶们的努力，出现了各具特点的四大流派。其中著名的有大喉熊飞影，正宗子喉张琼仙，平喉小明星（邓曼薇）、徐柳仙、张惠芳、张月儿等。十八甫南的富隆茶楼和光复南的平香茶楼，都是当日女伶大显身手的地方。

女伶在茶楼演唱，一般自报曲牌，每天更换。但也有客人当场点歌，唱完后另外打赏的。女伶的演唱通常四小时为一场，每小时约唱四五首曲，一夜由两三人轮流唱。

当时女伶每晚的酬金，从二元到五六元不等，但由于要讲究衣饰，又要送礼讨好歌坛把头（相当于现在的"穴头"，当时女伶去茶座演唱的排期和聘用全得看他们脸色），故生活也很清贫。

女伶对曲中的唱功、腔口非常用心，这是她们立足的关键。一旦唱不好，就无人聘用。所以，女伶的唱腔水准比一般的戏子高。

在女伶演唱的间隙，通常会有些广东音乐合奏。广东音乐乐器有扬琴、洞箫、二胡、琵琶、三弦琴、椰胡、月琴、秦琴、唢呐等，演奏的一般曲目有《鸟投林》《柳浪闻莺》《雨打芭蕉》《赛龙夺锦》《渔歌晚唱》《旱天雷》《平湖秋月》等。

在西关，二十世纪三四十年代最出名的曲艺家是何丽芳。她有"三喉歌后"的美称，住在宝华路。相传何丽芳自幼认著名粤剧演员刘知方为义父，并深受他珍爱。何丽芳得到义父的真传，洞知大喉、平喉、子喉的秘诀。十三岁那年，她已出师。后以《一代艺人》一举成名，一时广州的大小茶楼争相聘她上座演唱。何丽芳在二十来岁时，与广东"四大天王"同台串演，人称"四大天王伴歌后"，从此，她的声誉更高。

何丽芳唱的首本曲目有《星殒五羊城》《凤阁审蛟龙》《烟锁池塘柳》和《剑底情鸳》。她以平、子、大三种喉腔分别演唱每一首曲中的一个人物，自成一绝，世称

"何腔"。1987年,何丽芳病逝。三年后,她的衣钵弟子广东音乐曲艺团著名演员钟葵珍组办了"纪念何丽芳粤曲演唱会",以寄情思。

这是一个比较令人满意的结局。但在二十世纪二三十年代出道而且走红的小明星,纵观其一生,则是一个经典的广东女伶红颜薄命的故事。

"可怜七月落薇花"

小明星,原名邓曼薇,是二十世纪三十年代南国曲艺界"星腔"的创始人,位列"四大平喉"之冠。其余三人是徐柳仙、张月儿、张惠芳。

邓十一二岁就以童星身份灌录唱片,最初两首是《发疯仔自叹》和《水晶帘下看梳头》,其腔韵为人惊叹,被誉为"小小的明星",所以用"小明星"做艺名。成年后造诣更深,为省港歌坛首屈一指的艺人,唱腔被称为"星腔",以幽怨凄苍取胜。小明星生前灌录唱片甚多,在国内遍及广东城乡的千家万户,并远销国外。

当时,据说小明星歌喉虽好,但长得比较丑陋(其实现在从照片上看,我觉得挺美的),去茶座演唱时浮滑少年追逐者不多，已使把头对她颇有嫌言；加上其母和把头关系极恶劣，双方往往为了收益问题发生争执，结果越弄越僵，把头最后干脆一场也不给小明星唱。其后抗战爆发，广州沦陷，小明星便去了香港。

到港后她仍站得住脚，灌录了不少唱片。那时香港一般的曲艺茶座是每位港币一角五分，而每当小明星出场，则增收至两角五分。

之后小明星还到澳门唱过一阵，但不久又回到沦陷后的广州。当时的小明星已身患肺病，打算洗净铅华。可是就在那时，一个茶楼老板先是送钱给她治病养母，几个月之后就逼她登台还债。那时即使明知卖唱如卖命，她也只好重操旧业。

那一天，在1942年的8月份。地点是长堤先施公司（今铧厦商业中心）的天台音乐茶座，那里接近爱群大厦，是繁华之地。

小明星登台演唱的事，已由先施公司大登广告。小明星登台时，因为备受欢迎而接二连三演唱，欲罢不能，遂应众所点，续唱拿手名曲《秋坟》："愁人怕见，月冷冰霜，极凄凉……"至"鸳魄未归芳草死"时已感不支，紧接唱"只有夜来风雨……"一韵未完即猝然吐血倒地,自此卧病不起,去世时(8月24日)才三十一岁(一说三十岁)。

据说小明星生前已是郁郁寡欢,感情上很不如意。先是和一位自以为知音的蔡某相恋,岂料蔡某出国留学回来之后却背弃了她。后来又与一位出身书香门第的陈某相爱,却遭到陈父母的反对,最终还是以分手收场。小明星感到生无可恋,曾经一度欲悬梁自尽。

小明星死后,无以为殓,甚至是由其门徒李少芳、陈锦红和小燕飞等在香港皇后戏院义唱筹款,为其治丧的。

《七月落薇花》的唱词"一曲《秋坟》成绝唱,可怜七月落薇花"所指就是这一回事。"七月"是农历,而"薇花"则是指小明星的本名——邓曼薇。

关于粤讴

1904年,英国驻香港总督金文泰,把一本叫《粤讴》的书翻译成英文,英文书名叫《广州情歌》,在英国牛津大学出版。

粤讴是一种广东民间音乐曲艺,创始于清朝嘉庆末年(1820前后)。

粤讴的创始人是招子庸,字铭山,别号明珊居士,广东南海县横沙乡(今广州市白云区横沙村)人。清嘉庆二十一年(1816)举人。曾做过几任知县,在任期间,做过一些好事,当地人颇爱戴他。招能文章,善骑射,又富有艺术天才,画兰竹颇有郑板桥风致;以新意画蟹,别具一格,为时人所赏。在音乐方面亦有造诣,且性情真率,为人风流跌宕，不修边幅。

传说粤讴的处女作是《吊秋喜》。秋喜原是广州珠江妓艇上的一个妓女，和子庸相爱，意欲脱籍相从。后子庸北上会试，她因欠人钱债，被迫不过，愤而跳入珠江自杀。子庸惊闻此事，心中异常悲痛，便作了一首《吊秋喜》来表示哀悼。《吊秋喜》是不是粤讴处女作，目前还难以定论；不过，说它是粤讴中有代表性的作品，是招子庸所写的粤讴代表作，却是可以肯定的。

粤讴的形式和它的写作技巧，向来受人赞赏，用字平淡，惜墨如金，运用粤语方言，自然明白如话，而又设想出奇，形象生动，情景交融，刻画深入，不论叙事抒情，都从有限的笔墨中展现出无限的感情境界。当年，郑振铎先生认为这一卷《粤讴》"好语如珠，即不懂粤语者读之，也为之神移"。

粤讴最初用琵琶伴唱，后改用扬琴，但亦可以清歌。唱前先奏引子，唱完一节奏过门；每四句算一节，每一节中间有过序；全歌结束后奏煞板。这种音乐组织上的完备性，在所有民间音乐曲艺中很少能有与之伦比的。据记载，粤讴一唱起来，极尽抑扬顿挫之能事，百转千回，缠绵往复，一曲既终，令人荡气回肠。

粤地民间很爱唱歌，早在明末清初，本土学者屈大均说《粤歌》："唱一句或延半刻，曼节长声，自回自复，不肯一往而尽。辞必极其艳，情必极其至，使人喜悦悲酸而不能已已。"

当年的粤讴出现之后，由于它感情真挚，情意动人，形式优美，尤其语言通俗，明白易懂，所以广东人对它热爱得紧，妇孺老幼一时争为传唱，从雅士文人到贩夫走卒亦乐闻喜听。当时的人少有不会唱一两支粤讴者，其传播之广泛，由此可见。广州人曾流行这样的说法：唱起粤讴，鬼都来听。

当时，广东和香港初期的报章，都聘定一人每天撰作一首粤讴，载于报末，以满足读者的爱好。因此，不刊些粤讴的，其便几乎不成为广东报纸了。由此可知那时粤讴的流行程度。

粤讴从俚俗到典雅，进而雅俗相兼，对后来的广东民歌，如南音、叹五更等，有普及和提高的影响作用。

外国人也被这种具有浓厚地方色彩的民间文学形式吸引，很早便给予粤讴相当高的评价，不少人曾经撰文推荐。粤讴除了曾被金文泰译成英文，也曾被葡人庇山译成葡文。

西关大屋里的顺德妈姐

自梳女是二十世纪初广东珠江三角洲一带一种特别的现象。

简单地说就是年轻女子自己把辫子梳成髻,以示终身不嫁。当时,未婚的女子是梳辫子的,已婚妇女才梳髻。

"梳起"是有一套仪式的,还要到神前明志。"梳起"之后,父母是绝对不能强迫女儿嫁人的了。乡中或族中对此的规矩也极严,女子"梳起"之后倘若心志不坚而弄出"偷人"之类的桃色事件,是要被"浸猪笼"(将其浸在猪笼里投入水中淹死)的。

至于"不落家"的妇女,也是"梳起"的一种。

所谓不落家,指的是仅为死后有个名分归属及葬地而名义上结婚（广东人认为不嫁的女子是没有名分和归属的，不入族谱，不葬入祖宗坟地）。这类婚姻无夫妻之实，女方给男方一笔钱，让男方另行娶妾；女方行完婚礼之后不住男家，只在男方娶妾时以"大（老）婆"的身份回去受新妇行礼，名义上的公婆或丈夫病重或办丧时回去行礼及照应一下。

男家的子女也把她当家长，这位不落家的"主妇"在自己病重及临终时回到男家，由男家或名义上的子女们为其送终，葬在这家的墓地，但养老送终的费用还是由她自己支付。以现在的眼光看，当年这些女性是颇为独立，甚至前卫的。

当年，自梳与不落家妇女的职业，因地区经济情况而异。在自梳与不落家最盛的顺德，多以缫丝及做"妈姐"为业；番禺、中山等地的自梳及不落家的妇女，则多以织布、织毛巾、刺绣等为生，间亦有饲养牲畜及耕种者。

在顺德、南海两县，蚕丝业全盛时，年轻的自梳及不落家妇女，大都在"丝偈"（机器缫丝厂）里缫丝，年老的则多从事采桑、养蚕等工作。丝偈的剥削虽很重，但自梳及不落家妇女多无家庭负担，以自己的辛勤劳动维持个人最低限度的生活,仍可略有盈余。

二十世纪二十年代顺德生丝在国际市场上已被日本人造丝排挤,丝偈多已歇业,硕果仅存的桂洲丝偈,缫丝女仍达数百人。当顺德丝业全盛时,各丝偈所容纳的自梳及不落家妇女之多,便不难想见。

顺德的丝业衰落后,自梳和不落家的妇女不得不另谋生计,其中很大一部分流向广州、香港等大城市,在富家做妈姐。

由于顺德的烹调技术素以精致驰名,如大良的炒牛奶、炒水鱼、水蒸鸡、野鸡卷、炆风鳝,以及切鱼生、炆狗肉等,都别具风格,很受各地人士赞赏。顺德的自梳及不落家妇女大都继承了这些传统的烹调技巧,且做事小心,体贴入微,所以很受雇主欢迎。豪商显宦之家,多雇她们做"干妈"(广州人俗称乳娘为"湿妈",保姆为"干妈")、"近身姐"(专替雇主料理精细的身边事务,如整理床铺、装烟递茶、摇扇盛饭、熨衣整履、出入随侍、送礼请安等的女佣)及厨娘等,甚至把全部家务都委托她们照料。故顺德妈姐饮誉一时,雇用顺德妈姐便成为显贵人家的风尚。

不少自梳及不落家妇女，因长期在外受雇，而薄有积蓄。清末下九甫梁氏（其祖曾任浙江布政使，告休后在广州下九甫置产甚多，仅铺房一项即逾百栋，后又强霸万顷沙的沙田百顷，夙称巨富，有"下九甫梁"之称），有一"近身姐"名莲姑，侍其孀媳数十年，积资逾万，晚年即在广州东华东路置屋娱老。

海运畅通以后，有些自梳女更远涉重洋，到海外做佣工。

自梳及不落家妇女在外做佣工较久的，不少深谙英、法等外国语言，在洋人家庭受雇及随洋人返国工作。故自梳及不落家妇女活动的范围，可说遍及中外，尤以用顺德妈姐身份出现的自梳女足迹最为广阔。

写广州而提起自梳女，原因是当时广州不少大户人家的贴身女佣就是她们。西关大屋里的顺德妈姐是非常有名的，顺德妈姐们的忠心和周到，是老广州人至今还感慨的不无温情的回忆。

当时的顺德妈姐，可能是终生跟随和侍候这一家人的，带大了儿子，又带大了孙子，最后，她成了半个家人。看到主人脸色不好，她会不声不响地炖出一碗参汤；

看到主人嘴唇稍干,她会煲上一煲红萝卜竹蔗马蹄水。她们是整洁熨帖而无微不至的,她们几乎全身心都扑在雇主一家人的身上……这是在老一辈口中我所听到的迄今为止最好的回忆和传奇。

辑五

光塔　怀远驿

一口通商　十三行　沙面

住唐住蕃 光塔怀圣

广州话里,至今还有"住唐""住番(蕃)"和"半唐番(蕃)"的说法。

"住唐"现在较少说及,但"住番"和"半唐番"在地道广州话里还用。继"番鬼"这个称谓之后,长住"番邦"则说"住番",而"半唐番"则专指混血儿,语意相当于北方话里的"二毛子"。印象中东北人从前贬称俄国人为"老毛子",中俄混血儿为"二毛子"。不过广州话里的"半唐番"如今已经不太带贬低蔑视的意思。

宋朝朱彧在《萍洲可谈》里说:"北人(中国人)过海外,是岁不还者,谓之'住蕃'。诸国人至广州,是岁不归者,谓之'住唐'。"这大概算是广州话里的这几个词可以考究追溯的最早记录了。

唐宋是广州历史上对外贸易的第一个全盛时期,当时广州的航线已从波斯湾扩展至东非,被称为"广州通海夷道",途经九十多个国家和地区,是当时世界上最长的国际航线。唐代广州商业繁荣,万商云集,对外交往盛况空前,"郡邑为之喧阗",是世界著名的大港市。那情形放到现在,大概和天天开广交会差不多。

唐开元二年(714),政府首先在广州设置管理国家对外贸易事宜的市舶使,又在广州城外设"蕃坊"供外商、外侨居住,据说达十万人以上。当时的"蕃坊"就在现在的光塔街一带,而广州现在的光塔路上著名的怀圣寺就是当时的阿拉伯商人捐资营建的,与泉州的麒麟寺、杭州的凤凰寺并称我国沿海的三大清真古寺,是伊斯兰教徒祈祷的场所。寺内的光塔,则是为外来船舶导航的灯塔。

据传,当时居住在"蕃坊"的外侨多数是阿拉伯人,而怀圣寺的"怀圣",是指怀念伊斯兰教的创传者穆罕默德;也有一说,认为怀圣的"圣"是指首先来我国传播伊斯兰教的艾比·宛葛素。

怀圣寺的具体始建年代已不可考。现在寺内所保存历史最悠久的碑，是元至正十年（1350）重修时所立。碑文说该寺始建于唐代。寺内有光塔，塔外没有层级，外观呈圆筒形，直指高空，塔顶圆拱而略尖，显示了伊斯兰教独有的建筑风格。光塔建在当年的河岸上，每年五六月，海外商船来往很多，阿拉伯人每到夜间上塔顶点灯，为船舶指引航向，在礼拜的时候，又每登塔顶高声呼喊"邦卡"，召呼伊斯兰教徒做礼拜仪式。可能由于"邦"与"光"读音相似，加上塔身光滑，日久此塔便被叫作光塔。

在广州流花桥桂花岗，有一座清真先贤古墓，安葬着唐初最早把伊斯兰教传入我国的阿拉伯人艾比·宛葛素。

传说他是穆罕默德的母舅。当穆罕默德派他到中国的时候，开始他没有信心，便向穆罕默德要求一个可靠的保证。于是，穆罕默德向东方发射了一支箭。后来宛葛素到广州从地下挖掘出了这支刻有穆罕默德名字的宝箭，从而取得了许多信徒的崇敬。宛葛素转赴泉州、杭州，而至长安，后又回到广州，并在此病故，葬于流花桥桂花岗。

千百年来,此处都是伊斯兰教的名胜古迹,在国内外都很有名。这墓中空外圆,有如悬钟,有门可入。在内诵经,声音回响,故古墓又有"响坟"之称。古墓四周有墙垣,内有拜殿、大亭和厢房等。墓地环境庄严肃穆,园内厅廊碑匾林立,记录着历代重修这座古墓的历史。附近纵横十九个小岗,都有伊斯兰教坟场。教徒们在自己先人忌辰扫墓时,多到古墓瞻仰拜扫。在伊斯兰教历十一月二十七日先贤宛葛素忌辰,伊斯兰教徒会来到古墓大殿,举行朗诵《古兰经》纪念活动。

当时,阿拉伯人与广州人的关系非常融洽。在《苏莱曼东游记》中,记载了一个故事:苏莱曼在广州和唐朝的一个官吏谈话时,发现官员的胸口有一颗墨痣,他感到非常惊异。官员对苏莱曼的异常神态感到莫名其妙,便向他问个究竟。他连忙回答:"我很奇怪你身上的黑痣透过两层衣服也能看得见。"官员一边哈哈大笑,一边伸出手臂让他数一数穿的衣服是多少层,他数过是六层。这故事不只是说明当时中国丝绸的质量很好,也说明了宾主之间亲密无间的关系。

当时,外侨还设立了学校,称作"蕃学"。而在广州的"蕃客",有的人居留十年不返,甚至在广州去世。他们长期在中国居留,也深受中国文化的熏陶。有的外侨学习中国文化颇有造诣,史上甚至还有阿拉伯人李彦升赴京城长安考中了进士的记载。

"家僮必得黑厮"的"黑"历史

鸦片战争之后,广州自开通海上贸易两千多年以来对外贸易第一大港的地位被上海取代。以现在的眼光和另一个角度来看,据说其中的一个原因,就是当时英军进城时遇到的反抗非常激烈,致使广州与西方海上文明和资本主义的进程"擦肩而过"。

那是和一个上海的朋友闲聊时说起的话题。当时我就很没觉悟和水平地胡言乱语,你们上海人大概喜欢洋人,所以他们当时就住下了;而广州人其实当时是很歧视外国人的,我们现在还说,那些"鬼"。

两千年以来广州都是个赚钱的风水宝地,外国海商"久停广州,往来求利",而他们总是能赚到钱。广州的鼎盛时期，"戍头龙脑铺，关口象牙堆"，还怕他们不来。大概是鸦片战争时结下的梁子太深，英国人当时乱开炮乱放火挖人祖坟什么的，没少干缺德事，广州人脾气再好也得跟他们急了，就不让你进城，进了城也给你搅和得鸡飞狗跳。别处地方的人打群架不稀奇，可你啥时候看见过广州人大规模地打群架？三元里抗英那回，一百多个乡的人去臭揍他们呢，可见是真的急了。

仗着这一阵子恶补了一通老广州的光荣历史，我开始不负责任信口开河地乱盖："有什么了不起的？美国人也不算啥，广州人从汉代起就开始养黑奴了呢，他们那会子，还没发现新大陆呢……"

胡说归胡说，但黑奴这回事倒是真的。

在广州出土的汉墓里，就有一批陶俑，据学者考证，就是黑奴俑，而且到目前为止，全国汉墓中出土黑奴俑的还只有广州一处。学者们说，这说明当时只有广州凭借着特殊的地理位置和海外贸易的发展，其豪强贵族们已经普遍地蓄用黑奴，而其他地方还没有。

到了南北朝以后，情况就不一样了，史书和文学著作里有关"昆仑奴"的记载逐渐多了起来。这种"昆仑奴"

就是黑奴,不仅广州有,在中原地区也有。当时蓄奴之风盛行,广州的豪门贵族不仅自己使用黑奴,而且把这些奴隶卖到了中原各地。

唐宋时期广州也有黑奴,而且为数不少,但是以上时期一直到元明时期的黑奴和汉代的黑奴不同。学者们考究说,汉代广州的黑奴主要是印度尼西亚境内的土著居民,公元二世纪前后,印度尼西亚还处在原始社会的氏族公社时代,入侵的印度人在沿海地区建立了奴隶制王国,印度人当时除了向内陆地区的氏族酋长收取贡物和在沿海的直接统治地区使用奴隶生产之外,同时还把一部分奴隶作为商品贩卖。这个时期,广州与印度尼西亚已有贸易关系,这些人就成了汉代广州的黑奴。

唐宋元明时期的黑奴则不是印度尼西亚的土著居民,那可是来自东非的真正的黑人。这个时期,阿拉伯国势兴盛,利用地处欧、亚、非三洲中间的有利地位,大力发展国际转运贸易,广州则是他们在东方最重要的贸易基地。来广州的阿拉伯商人,除了运来珍物奇货之外,还从东非贩来了大批的黑人奴隶。这些奴隶一部分在船上供役使,大部分出卖给广州的富豪们。宋人朱彧在《萍洲可谈》里就说"广中富人,多畜鬼奴,绝有力,可负数百斤",其"色黑如墨,唇红齿白,发鬈而黄",称"昆仑奴"。

唐朝诗人张籍有咏昆仑奴诗一首:"昆仑家住海中洲,蛮客将来汉地游。言语解教秦吉了,波涛初过郁林洲。金环欲落曾穿耳,螺髻长卷不裹头。自爱肌肤黑如漆,行时半脱木绵裘。"这首诗生动地描写了从海外国家远航至中国的黑奴形象。这些黑奴有相当数量是作为商品转贩而来的。当时在印度南部和孟加拉国一带,都有贩卖黑奴的市场。商人们由东非沿海把黑奴运来这里,再转贩至世界各地。

有些在船上服役的黑奴,学到了一手潜水的绝技。《太平广记》卷四百二十记载,昆山人陶岘,来广州探访他担任郡守的亲戚,郡守喜其远来,赠钱百万缗(即贯之意)。陶岘便把这笔钱用来买了三样东西:第一是一把二尺多长的古剑,第二是一只直径四寸的玉环,第三是海船上的昆仑奴摩诃。陶岘称之为"三宝"。

为了向人炫耀,他在游山玩水或出门旅行时,总是随身携带三宝。每遇水色可爱的地方,辄投古剑、玉环于水中,令昆仑奴摩诃下水打捞,以此为乐,而摩诃每次均能完成任务。有一次,摩诃下水后,竟然一去不返,也许是在水下死于非命。而陶岘的三宝也就全部丧失了。

唐人刘恂《岭表录异》记李德裕贬谪岭南时,坐船经过梅江的鳄鱼滩,因舟船触礁损坏,平生的积蓄如宝玩、字画等物,尽皆沉没。为了挽回损失,他叫船上的昆仑奴下水打捞,因当时鳄鱼太多而作罢。可见这些昆仑奴在我国江河湖海中的活跃情况。

《萍洲可谈》称黑奴为"鬼奴"。根据其中的叙述,鬼奴有两种:一种是在家干粗活的,这种鬼奴如前所述,孔武有力,能搬数百斤的东西;另一种是在船上服役的,水性很好,担任船上打捞和补漏工作。当船在海上触礁,从船体内堵漏无效时,便令鬼奴潜泳至水底,从船体的外面进行堵塞补漏。由于这些鬼奴有高超的潜水技术,故在一般的情况下,都能按要求完成任务。

元代,我国航海事业有很大的发展,远洋船舶越造越大,有的海舶居然有船员上千人。因此,大批的黑奴在广州籍船舶服役。摩洛哥旅行家伊本·白图泰在印度的古里看见中国船长上街时,"护勇与黑奴等荷剑携戟,负弩前驱,奏乐鼓角,拥簇而行"。

在一些通都大邑，世家大族亦以蓄养黑奴来炫耀自己的富贵。元末明初学者叶子奇《草木子》卷三《杂制篇》说："北人女使，必得高丽女孩童；家僮必得黑厮。不如此谓之不成仕宦。"所谓北人，即指居住在中国北方的居民，北人因向元朝归化早，故为官作宦的比较多，这些官吏、豪绅购买使女时，要选择来自高丽的女孩，购买家僮时，一定要黑人小孩，不这样，便显示不出他们的阔气。当然，在南方，也是有人养黑奴的。这些史料记载，反映了当时中西贸易中，有相当数量的黑奴进口。

航行于欧洲与广州间的西洋船舶，也有黑奴在服役。《明史·和兰传》曰："其所役使名'乌鬼'，入水不沉，走海面若平地。"

当时的澳门，为外国商船停泊之所。《广志绎》的作者王士性，在明万历年间来广东旅游，见澳门的番舶有数量较多的黑奴。据他说，这些黑奴尽忠职守，生死惟主人所命，主人命其自刎，他即自刎，不思当刎与不当刎也。可见这些黑奴的命运十分悲惨。主人不要他们时，便牵去市场出卖。《广志绎》记载："买之一头，值五六十金。"即花五六十两银子的代价，便可买到一个奴隶了。

在广州，亦有富人买黑奴以供役使的。屈大均《广东新语》卷七曰："予广盛时，诸巨室多买黑人以守户，号曰'鬼奴'。"屈大均是明末清初人，他所说的"予广盛时"，当指明朝后期，即万历年间。因为这时海禁已开，有一些出海贸易的商人，也贩卖少量的黑奴进来。

清初，海禁甚严，广州不可能有黑奴进口。海禁解除后，外商来广州贸易，带有少许黑奴进来，供其役使。道光十一年（1831），两广总督李鸿宾与粤海关监督中祥在联名写给皇帝的奏疏中，指出这些黑奴性格暴躁，不能让其过多地进入广州，否则，黑奴外出与百姓争扰，极容易滋生事端。

阮元《广东通志》对这些黑奴作了如此的描述："戴红绒帽，衣杂色粗绒短衫，常握木棒。妇项系彩色布，袒胸露背，短裙无裤，手足带钏。男女俱结黑革条为履，以便奔走。"

由此可见，当时的广东人与黑奴有较频繁的接触，但这些描写又是以澳门的情况为主，因那时对外国人进入广州限制极严，更不可能带着妇女住进十三行街的十三夷馆。按照《澳门记略》的叙述，清初有相当数量的黑奴在澳门居住，供葡萄牙人役使。张汝霖《澳门寓楼即事诗》中便有"居岂仙人好，家徒乌鬼多"之句。这些黑奴，都住在最简陋的房子里，吃主人吃剩而且倒在一只如马槽的器皿内的食物，"黑奴男女，以手抟食"。对黑奴的一举一动，亦从法律上给予严格的限制。如黑奴往市场购物，不得记账；黑奴出卖物品，所有人均不得购买等。至于广州富人役使黑奴，至清代，也就绝迹了。

也就是说，在美国人打内战要解放黑奴的时候，咱们早就不干了。

外国人眼中的十三行

说起老广州,似乎不能不说十三行。

广州的西关现在仍然有一条十三行路。现在说起十三行,很多的广州人只是模模糊糊地说,那是因为很久以前那里曾经有过十三家洋行。

广州人一直把外国人叫作"番鬼"。若还要说明性别,则称"番鬼佬"或"番鬼婆"。番鬼住的地方是"番邦",非常之大汉族主义。

至今广州人说话,若说起外国人,还是简称"鬼"、"鬼佬"及"鬼婆"。今天的广州外资公司的职员下班后和朋友聊天,还是会说,我的上司是只"鬼",但他的副手是中国人。谈起跨国姻缘,又说某人嫁了只"鬼",或娶了"鬼婆"。诸如此类，娓娓絮絮，但已经没有歧视的意味了，只是广州话习惯这么说。

广州话里很少煞有介事地说"那些外国人"，那会令说者和听者都觉得别扭异常。到现在，我们还总是说，"那些鬼"。

现时对十三行最为清晰的记忆来自一个当时"住唐"的美国"鬼"，叫威廉·C.亨特。1825年他到广州时，只是一个十三岁的少年。之后马上就被送到马六甲的英华书院学中文，次年返回广州。1829年在广州加入美国旗昌洋行，1837年成为该行合伙人。1842年退休，两年后返回美国。其后又回到中国，在广州、澳门和香港等地活动达二十年，并创设亨特洋行。晚年旅居法国。1891年，在旗昌洋行倒闭的几天后，他在法国尼斯去世。

他的经历之所以仍为现在的人所知，我觉得完全是因为他写的那两本书——《广州番鬼录》和《旧中国杂记》。当时，他是广州仅有的几个懂中文的外国侨民之一，书中所记全是他耳闻目睹或亲身经历的事，内容涉及早期中西贸易和中西关系的各个方面，具有较高的史料价值——用他儿子的话来说，"对于那些有兴趣了解外国人与中国人早期关系历史的人们来说,这两本书是很符合他们的需要的"。

亨特在《旧中国杂记》的序里不无惆怅地说:"本书中所讲到的'番鬼'这一类人……他从'羊城'消失了,在他存在的全部时间里,那里是他的唯一栖身之地。可是现在他已从那里消失了,就像恐龙从地球表面消失一样。""谁也没法为他唱一支安慰灵魂的挽歌。"

亨特那时在十三行的日子显然是挺高兴的,和传奇般富有的行商们打交道,去他们美丽的大宅游花园,吃大餐,在广州折腾了个外国人的划船俱乐部,在江上"斗艇",逛海幢寺。请中国客人吃"番鬼餐",还饶有兴致地抄录了这位中国客人吃光番鬼餐之后写给朋友的一封谈"食后感"的信。去看大戏,还翻译了当时在广州颇受欢迎的独幕喜剧《补缸》并在《中国丛报》上发表,等等。生活过得煞是有滋有味。

他很了解那时候大清的中国人怎么看他们这些"住唐"的"番鬼"种族的。可是他似乎并不生气,也没有影响他的惆怅。他说:"可能,在中国的历史上,也唯有在中国的历史上,会读到这样的话,诸如:'此等鬼怪蛮夷之族，备受天子之怜恤与恩惠！'云云；还会说，'此等粗野之辈，长着火红毛发，狂妄自大，不可理喻，此等红毛生番！''此等自多雾之乡、风暴之国、阳光不到之处，初抵达中华帝国之奇异人种，其头发及胡须皆呈赭红色'，'此等野性未驯之人，音词粗鲁、语无伦次、举止傲慢无礼！'这些，该就是对这个从公元1640年起，至1842年《南京条约》签订为止这段时间存在过，而现在已经消失的种族仅有的论述吧。"

每次看到他在书中细述的这些当时中国人骂他们自己的话，不知道为什么，我总是忍不住笑，并且心情愉快。现在有谁还能够这样天真自大兼狠呆呆地痛快骂人呢？也就是那时候了。

富商们

清代广州的四大富商,全是十三行的行商,其中尤以潘、伍两家最为显赫。

潘 家

四大富商之首原来是潘家祖孙三代。祖父潘振承、父亲潘有度曾经先后出任十三行总商,潘正炜继承家业,后来居上,也是十三行的首领人物,并且以潘绍光的名义开设同孚行。一家父、子、孙三代都被欧美驻华商人尊称"潘启官",依辈分分别称一世、二世和三世。

潘家的创业人为潘振承,商名叫潘启官。他原是福建省同安县人,清初由闽入粤,开始时,在一家陈姓的洋行中当伙计,因其通晓外国语言,三次被派往吕宋岛贸易,并因此起家,然后另立门户,开设同文洋行。"同"者,取其原籍同安之义;"文"者,取其故乡"文圃"之地名也,以示不敢忘本。

潘振承自充当十三行行商后,与英国东印度公司关系密切,专门包揽该公司的生丝贸易。按照粤海关规定,凡生丝出口不得超过一百担,但潘启官却能以每年两千担的数量,为东印度公司采购生丝出口,可见其神通广大。为了报答潘启官的帮助,东印度公司也与他签订香料和棉花的预卖合同,给予他商业上的照顾,让他攫取更多的利润。另乾隆二十五年(1760),十三行中有公行之设,"总商"一职由潘启官担任。后公行由两广总督裁撤,但其后公行重新组建时,潘氏再度出任总商,足见他在行商中势力之雄厚。

外国历史学家马士评潘振承有伟大的魄力和铁一样的手腕,说他曾多次陷于绝境然卒能自拔,是商业界的一位强人。故英国大班称他是最可信赖和最有作为的人。

潘启官的产业,传至他的孙子潘正炜时,已达两千万元（银元）之巨。

法国杂志曾对他做过报道，说他的财产总额超过一万万法郎。潘氏家中有妻妾五十人，婢女、仆人、园丁、轿夫共八十人，住在珠江南岸（河南），屋宇宏丽，地板由大理石铺砌，墙壁以金银珠玉和檀香木做装饰，金碧辉煌。花园内繁花似锦，楼台亭阁点缀其中，不但风景幽雅，而且还有能容纳百人表演的剧场，美不胜收。

潘月槎《潘启传略》云："正炜……道光间毁家纾难，特赏道衔，并赐花翎。"是指第一次鸦片战争期间，潘正炜曾独家购买军舰一艘，贡献给清政府，以加强防御力量。

另外，在1842年，英军勒索广州当局，要其赎城费时，潘正炜独捐六十四万元，捐款数目仅次于伍家。还曾捐助抗英军饷二十六万两；带头发动广州城郊四十八乡土绅百姓，一致反对外国侵略者进入广州城并获胜；他为国为民，出钱出力，作出诸多重大牺牲，是以赢得"毁家纾难"的赞扬。

伍 家

清代广州四大富商中出名的还有伍家——伍秉鉴、伍元华、伍崇曜三父子,以经营广州十三行怡和行富而扬名。

伍秉鉴是嘉庆十八年(1813)时的首席行商,其父伍国莹受粤海关监督委任为行商,设怡和行。其子伍元华及伍崇曜先后继承祖业。伍氏家旋居西关十八甫伍宅。

伍家发迹稍迟于潘家,然后来居上,超过了潘家。伍家的创业人为伍国莹,也是福建省人,原是同文洋行的账房,于乾隆四十九年(1784)开设怡和洋行,但他很快便把商务移交给第三子伍秉鉴。

伍秉鉴乳名阿浩,故其商名又叫伍浩官。伍浩官执掌商务后,事业有迅速的发展。乾隆五十一年(1786),广州有行商二十家,怡和业务居第六位,到了嘉庆七年(1802)则上升到第三位,五年后又跃居第二位,嘉庆十四年(1809)一举而为总商矣。

据《安海伍氏族谱》所载,嘉庆间,伍氏已成为广州的首富。"凡桑园围、大石围捐款,军需捐款,小者三四十万，大者五六百万，胥于怡和行取给，每遇岁除，家库核存常达千万有奇。"

这伍秉鉴与英国东印度公司和美国旗昌洋行的关系，均非常密切。1813年到1814年，他帮助东印度公司解决财政上的困难，先后为其借贷四十万两白银，被东印度公司呼为"公司大班的本地银行"。从1813年开始，他代表公司向广州的低级行商贷款，每年提供贷款的经费达二十万两左右。东印度公司来华购货时，按份额分摊，而怡和洋行总是占份额的多数。至于美国的旗昌洋行，则长期充当怡和洋行国外总代理，代其运输茶叶、丝绸等物至印度、美国销售。

据格林比《清代广东十三行行商伍浩官轶事》一文介绍："美国商人以中国丝茶出售于波士顿及菲列得尔菲亚城者，挂浩官之名，即得高价。浩官之名在美洲脍炙人口者凡半世纪。美国人最早下水之第一艘商船，亦名'浩官'，且以其模型远寄广州给浩官作为礼物。"怡和行业务后来由伍秉鉴第五子伍崇曜继承，仍然与旗昌洋行打得火热，除了包揽旗昌在广州采购丝茶物资的业务外，还通过旗昌的关系，向美国檀香山铁路投资。鸦片战争后，旗昌在上海组织船务公司，亦吸收怡和股份参加。

据美国人亨特的《广州番鬼录》介绍，在鸦片战争前，伍浩官拥有的资产已达两千六百万元（银元），在武夷山有茶山，在其他的地方有稻田、店铺、银号。他不仅是广州首屈一指的富户，而且还是世界上能排得上号的富翁。

第一次鸦片战争期间，他自购军舰一艘，贡献给清朝政府。当英军勒索赎城经费时，他又独资捐款一百万元。其经济实力可谓雄厚矣。

他的住宅在今广州海珠区的溪峡街。溪峡是由他命名的，因其故乡在福建溪峡乡，为了不忘祖宗，故有此命名。

伍氏的住宅为一园林式建筑，屋宇宏丽，雕梁画栋。中央大厅可摆筵席数十桌，能容上千的和尚诵经礼佛。还有金屋藏娇之所，为其妾侍所居，其清幽雅趣，据说有如《红楼梦》中的大观园，命名为"藏春深处"。

后花园占地辽阔，有水池可通珠江，端午龙舟比赛时，还可进入池中表演领赏。此外，还有荷塘、水榭、戏台等设施。伍家妻妾不用进城，便能在园中看到精彩的粤剧演出。园中的魁星楼和水月庵,建筑典雅,掩映在苍松翠柏之中,更增添几分古色古韵。

花园后面有石径可通龟岗,岗顶遍植青松,郁郁苍苍,松风习习;百花竞秀,黄鹂鸣春;登高远眺,云山苍苍,珠海茫茫,诚广州一名园也。伍浩官经常在此地招待客人,达官巨贾慕名来游。连两广总督阮元亦慕其名,要求中秋到此赏月。外国人游过之后,誉之为"私人宫殿"。

园内居住的人口,除伍崇曜一家数十口外,还有大批的仆役,包括侍役、门丁、信差、名厨、轿夫等。并设有塾馆,聘有西席先生,教育园中子弟。有趣的是,此伍园与潘园遥遥相对,好像是在炫耀十三行商的富有。

卢 家

乾隆、嘉庆年间,在羊城外贸富商排名中居第二的是卢观恒和卢文锦父子,被外国驻华商贾尊为"茂官"。卢家住在西关十七甫卢宅,以经营茶叶外销致富,是十三行著名的广利行行主。

卢观恒独具慧眼，为打开茶叶远销海外的通路，曾斥巨资与美国公司订立卖茶合同，获得专卖权而盈利丰厚。至嘉庆初年，适遇同业万和行拖欠债务五十万两，其中英国公司占十二万两，西欧等国商人十万两，国内各店亦二十余万两。卢观恒接受清廷和外商请求，毅然出面负责清偿，以财力雄厚赢得外国公司的信赖。外商先后与之互订良好的契约，使广利行的外贸经营历久不衰，自始至终是十三行巨商的佼佼者。

叶 家

清代广州四大富商之一还有叶家——叶上林、叶云谷。叶上林，又名大观，福建诏安县人，世居西关十六甫及泮塘。他建名园多处，有叶克家"鹿门精舍"和叶兆萼"小田园"。

他为十三行义成行行主，被外商尊称为"仁官"。生于乾隆盛世，从事外贸经营，以洋行买办致富，有"富甲岭南"之誉。他与外商交谊深，很受英商公衙班信赖，在外贸活动中占尽优势，在羊城四大首富中名列第四。其第五代叶云谷，官至户部郎中，性喜风雅，长于书画，广交天下名士。以豪富知名于当时，逐成商文并济、宾客云来的显赫世家。惟叶上林目睹官场腐败，深畏横征暴敛而破产，遂于嘉庆七年（1802）以抱病为由请求退办业务，经清廷和英方劝阻，亦只续办一年。

浩官的故事

美国人亨特大概是非常欣赏当时的十三行总行商浩官伍秉鉴。在《广州番鬼录》里,他记下了两桩关于浩官做生意时的君子风度及慷慨大度的光荣事迹。即使在一个多世纪以后的今天,如果不拉扯上崇洋媚外的说法,纯从商业及人性的角度来看,浩官在这两件事情上的立场和做法都是很潇洒漂亮的。

事迹一:"有关行商方面慷慨大方的事例是不胜枚举的。下面我将谈有关总商一人的事来说明。他接受一艘美国船的直接委托,他的慷慨,仿佛这只船是由他的一位老朋友经营的一样。例如有一艘由 C 船长指挥的船驶入黄埔,船上载有大量水银,当时这种货物价钱跌得很厉害,货物卸上岸并存放在浩官行里,他提出按市价收购。几个月过去了,当预示交易季节的西南季候风结束时,各商馆开始为他们的船只搜购回程货物,每天都有新茶到达。水银仍然无人问津,若以当时的价格售出,所得款额可购的茶叶数量,与船的容积差距甚大。同时,接获消息称,纽约茶价上涨,显示可获大利。因此,C船长决定将水银售出,尽快将可购得的茶叶装运,结算售价,即商业用语'结账'(按时登记),然后立即开始收购。在这个过程中,浩官对他的委托人说:'老友,你将得到满载的货物回程,我来供货给你,你可以在下一次付款给我——你不必烦恼。'一切都安排妥当,船开始装货了,装到一半时,浩官又来找船长,并通知他说,由于北方各省商人突然急需大量水银运回,大大提高了它的价值。所以他按照目前的价格清算这批货物,还在他的账户上将先前所购的注销。由于承托人方面的这一慷慨行为使C船长得以满载货物而归,而且不用欠货款,并使他这次航行的收获差额,差不多达到3万元。这件事是几年之后,C船长在广州亲口对我讲述的。"

事迹二:"一位曾在广州居住多年的美国W先生,拥有一笔可观的财产，遭受严重损失。重整旗鼓的希望诱使他继续开业，此事得到浩官的大力帮助。他们两人像该地通常所说的'老友'。经过相当一段时间，在W先生支配下的款项数额颇大，这位行商没有对其进行查询，直到第二年或第三年年底，他的账目和浩官的进行核对，浩官得到有利差额共计7.2万元。而这笔钱，他只收取一张期票，并将其锁在保险箱里。由于我懂得中文，所以在这种事件中我常常从旁协助，这并不是持票人怀疑发票人方面有什么不法行为，只不过是为了他自己称心而把它们译成中文。可以这样说，当时广州的中国人，没有一个是能够读或写英文的。见到这些期票仅仅写着认可的金额、日期和开票人的姓名。日子一天天过去，W先生时常表现出返回美国的想法，总希望他的事业会发生好转，以便他能够注销他的票据。然而，它是用一种极为出人意料的方法注销的。

"有一天，W先生去拜访他这位中国老友，老友说：'你离家这么久了，为什么不回去？'W先生回答说他不能回去——他无法注销他的票据，只是此事阻碍他。浩官询问是否只是这张债券使他滞留广州，假如他没有一点收入，用什么来维持在美国的生活。回答是没有其他债务，而他并不是没有财源的——只是欠了这份债券！浩官立刻把账房叫来，并命令他把库房内装期票的那个封袋拿来。把W先生的期票拿出，他说：'你是我的第一号"老友"，你是一个最诚实的人，只不过不走运。'他接着把期票撕碎，将纸片扔进废纸篓，并说：'好了，一切取消，你可以走了，请吧。'那就是说，'我们的账现已结清，你高兴什么时候走，就什么时候走吧'。"

不过，富人们也有他们的烦恼。

行商的经济地位是通过花一大笔钱从北京方面获得的，据说是20万两，相当于当时的5.5万镑。虽然这份执照代价高昂，它却保证行商财源广进，不断取得巨大的经济利益；但另一方面行商们却经常受到"敲诈和勒索"，他们被迫捐款，如用于公益事业或公共建筑、赈济灾区等，还经常受到一些被夸大，甚至无中生有的"灾害"困扰，比如长江或黄河的泛滥。

亨特还记载了他所看见的浩官的烦恼：

"'浩官，你好！'有时拜访浩官，我们谈起天来，

'今天有消息吗？'他回答说：'太多坏消息了，黄河又闹水灾。'这当然是不好的消息。'官员来看你了吗？''没有，但他叫人送来一张'票'，他明天来，要我拿出20万元。'这显然又是勒索，而且数目甚大。'你给他多少？''我给他五六万。''假如他不满意呢？''假如大头子不满意，我就给10万。'从这件事可以看出官方对总商的勒索（其他行商也被轮流召见，要他们拿出钱来）和他们的财力。同时他们知道，所谓水灾的严重性是被夸大了的，即使真有其事，他们的捐款中，也只有一小部分被用来修理河堤，官员们拿走大部分以满足自己的私欲。行商们可以商量，可以少拿，但不能逃避。同时当海关监督回京时，新任监督上任时都必须送钱，还要送钱给京城的户部大员；之所以要这样做，是因为由此可获得官员势力的保护。并且是自愿馈赠，相对来说，数目不算太大。"

其实，亨特所见的，还不算是浩官最大的烦恼。那时候商人的地位仍然不高，浩官虽然已经是世界级富豪，可是还得夹在官府和洋行中间受窝囊气。

清人陈徽言的《南越游记》里就说过这么一件事：

十三行商馆的前面到江边有个广场,一直是"番鬼"们专用的,周围用栅栏插围了起来,并认为是他们作为商馆的占有者应有的权利。

结果有一天,新上任的广东巡抚朱桂桢拉上监督就去了海关署,说是要去看洋行里的自鸣钟。到了那儿,巡抚下了轿子往四周一瞧,勃然大怒——"勃然怒见于面,趣召洋商伍某甚急,辄指地问曰:'此何为者?'答曰:'鬼子马头也'。公顾监督大言曰:'内地安容有鬼子马头!我知是皆若辈嗜利所为,我将要伊等几颗头颅乃已。'伍某惶惧,长跪于地。于时石工毕集,公喝令毁之,顷刻而尽。"

更窝囊兼没面子之至的是,当巡抚大人怒气冲冲地大嚷着"我将要伊等几颗头颅乃已!",浩官"惶惧,长跪于地"的时候,"旁观万众惊怛咋舌,无有敢发一言者"。

众目睽睽,这个脸可也算是丢得壮观之极了。

要是换到现在,巡抚大人再怎么着也不会当着"旁观万众"冲首富这么嚷嚷的吧。

那条叫怀远驿的小巷

广州。西关。十八甫路。

怀远驿是十八甫路上的一条小巷。那里根本看不到珠江。

可是,这巷原来就建在珠江边,离码头很近。

很久很久之前,我们把接待远方的来客称作"怀远",又把供给递送公文来往使节、官员暂住和换马的处所称作"驿"。

北宋的时候,朝廷曾经在汴河以北设"怀远驿",专门接待"诸蕃客使"。到了明代,官府又在广州设立了"怀远驿"。因为在明朝,对外贸易是以朝贡的方式进行的。所有来中国的外国使节都叫"贡使",他们来的首要任务，是到京师朝见皇帝，递交和接受两国外交文件；最重要的，是把他们国家一些珍贵的特产进献给皇帝。而中国皇帝也回赐礼物，并根据他们所贡物品的价值偿还相当代价。皇帝通过慷慨的给予，显示自己的地位和尊严，以"宣扬国威"。"贡使"有些是兼做商人的，随行人员里也有一部分是商人。或者，倒过来说也可以。反正，来这里就是要做买卖的。

广州一直是个大商埠，那时候的诸蕃客使，全都是乘着季风扬帆出海和回国的。风起了，顺风顺水地来到这里，卖完了他们带来的货，又买完了他们国家非常喜欢的蚕丝、茶叶和陶瓷……他们还得待好几个月，等到风向转了，他们才能再顺风顺水地回去。诸蕃客使要吃，要住，要找地方存货。于是，中国官府为他们开辟专门的居住区。诸蕃客使在广州的居住区，一般都建在城外，在唐代，叫"蕃坊"；在宋代，叫"共乐楼"；在明代，他们住"怀远驿"。

中国官吏在这里检查外国船只运来的货物、抽税和收购。有时候，官吏还把我们国家的有关规定在这里张榜公布。外国人在这里通过从事中介贸易的商人——"牙人",把中国官府收购后剩下的货物卖出,买回中国的产品。怀远驿接待过柬埔寨、斯里兰卡、泰国、印度尼西亚和印度等许多国家的使者和商人。

明末,国内发生战争,怀远驿一度停废。清初,平南王尚可喜曾经将怀远驿旧址修复使用。

后来,到了清朝康熙年间,有了十三行,诸蕃客使就住到"十三夷馆"去了。

后来,城外变成了城内,连珠江也离它越来越远了。

再后来,怀远驿变成了繁华城区里一条小巷。

最后,广州市中心东移,旧城区改造,那条叫怀远驿的小巷,以后还会不会存在?

十三行的街和巷

十三行最鼎盛的时期是在清乾隆年间，洋行数多达几十家，尤以四大巨富潘、伍、卢、叶四家创办的同文行、怡和行、广利行及义成行最为著名。

当时的盛况，除了清人屈大均的那首"洋船争出是官商，十字门开向二洋。五丝八丝广缎好，银钱堆满十三行"的《广州竹枝词》有所描绘之外，叶詹岩的《广州杂咏》和朱树轩的《十三行》也甚为好看："十三行外水西头，粉壁犀帘鬼子楼。风荡彩旗飘五色，辨他日本与琉球。""番舶来时集贾胡，紫髯碧眼语喑呜。十三行畔搬洋货，如看波斯进宝图。"

在第二次鸦片战争以后，原来十三行作为洋行集中地与垄断外贸的特殊地位已不复存在,不少洋行迁往香港经营或直接由外商在沙面设行,而中国的部分行主成为外国商行的买办。

中华民国建立后,当日十三行洋行、商馆所在地,先后改为商店民居。1926年拆建马路,亦将原十三行街与十三行横街筑为马路,改称十三行路及十三行横路。不少洋行原址,则在拆建街路时,仍用其行名,保留着历史烙印。至今,在十三行路之南,有同文路(原同文行所在地)、同兴路(同兴行旧址)、普源街、仁安街、靖远北路(此路两侧为中和行旧址)。东边仁济西路以南有宝顺大街(是天宝行与同顺行旧址)、怡和大街(怡和行旧址)、普安街等。至于西堤路文化公园一片地区,原是洋行、商馆所在地,民国后改为商企民宅,在抗日战争时期被日军飞机炸毁。广州解放后,才把这个近10万平方米的瓦砾场,建成了市文化公园(1956年前称"岭南文物宫")。

而现在,你如果仍然有兴趣对十三行当年的盛况怀念一番,那么除了逛逛十三行路,还可以捎带着在那附近的同文路、怡和大街、宝顺大街、普源街、仁安街和普安街散个步。因为，这些街名全是从当年的洋行名改过来的。

你还可以从十三行路一直走到仁济路，逛到珠江边，再逛到杉木栏路，又回到十三行路这么绕一个圈，因为那时的十三行的确切范围就是这个圈。

不过，没什么人会这么干的。如果是广州人，逛着逛着没准就逛到别处的茶楼里去歇着了；如果是外地人，如此这般地在西关的大街小巷里一转，没转两条街就迷路了，而巷子里的老居民，那些叔伯阿婶们可能还听不懂你的普通话，问路都问不明白。所以，我劝你最好别这么干。

如果非要去，沿路转个圈子算是绕场一周也就算了，千万别钻小巷。

十三行街上的寓言式奇闻

《广州城坊志》里,摘了一段慵讷居士《咫闻录》里的奇闻。

事情是这样的:广州的十三行街,是西洋诸国的贸易之所,有个姓赵的屠夫在珠江岸边设了个肉案卖肉,已经有年头了。

有一天,有个洋人走过来,说要买赵屠夫的那块剁肉的案板,"屠欲五十金"。

洋人拿着钱来了,赵屠夫又说:"我是和你开玩笑呢,你想买,得多点钱才行。"结果,"鬼子增至五百金"。

赵屠夫一想,那块案板只"值价百钱",现在那个洋人要以上千倍的价钱来买它,不知是个什么宝贝呢?不卖吧,怕错过了时候;卖吧,又怕万一真是个宝贝那可就卖得太便宜了。思来想去犹犹豫豫地竟然折腾了三年。结果,洋人回国去了。

赵屠夫想了足足三年,自然还是没想明白是怎么回事,而且,还开始担心这个万一是宝贝的案板让人偷了,干脆就把它藏回家里去了。

第二年,洋人回来了,又来问赵屠夫。赵屠夫这回可是把他领回家了,带到案板前。洋人一看,大笑而去。

赵屠夫自然是追着洋人问:"打从你走了之后,我就把它带回家啦,早也擦晚也抹的,好好地把它放着,等着卖个好价钱,你就告诉我它有什么特别的吧?"

洋人就说:"你的案板里藏着只大蜈蚣,天天喝着猪血,已经喝得有定风珠啦,那可是个稀世的宝贝。可是一定得养着它才行。现如今你把这案板放起来啦,蜈蚣喝不着猪血,早就死啦,珠子也完啦。"

赵屠夫不信,可是劈开案板一看,果然有一条蜈蚣在里头死了,嘴里还衔着颗珠子,只是早就没光泽了,白得跟死鱼眼睛似的。

赵屠夫这下子可是后悔得都快吐血了，悔来悔去，就是悔不当初没早把它卖了，算计来算计去，到头来算计了个一场空。

这个故事是想告诉世人别太贪心了吧？

——不过，如果有个人连续几年追着非要买你们家的一件不值钱的破烂，而且价钱越开越高，而这件破烂里又保证没有藏蜈蚣和珠子什么的，你卖不卖呢？

白花花的银子

汪鼎的《雨韭庵笔记》里说，十三行大火烧了七天七夜，十三行里的洋银被烧熔了，流到水沟里，火灭之后竟然结成了一条长一两里的银带，牢不可破。（"火之大者，烧粤省十三街七昼夜，洋银熔入水沟，长至一二里，火息结成一条，牢不可破。"）

其实大火只烧了一晚上，亨特的《旧中国杂记》中《一场大火灾》里说，是从半夜两点烧到第二天早上九点。

《荔湾风采》里说的起因则是："英国水兵在十三行旁边的华人水果店买水果，不仅不付钱，还刀伤店主，在场群众与之论理，英国水兵逃入商馆后从楼上掷砖头杂物,更激起群众义愤。这天晚上广州人民便火攻英国商馆,大火一直烧到第二天。火烧英国商馆再一次表明中国人民是不可欺的。"

不过十三行里的银子倒是真的。当时广州还没有银行,每家商馆就是它自己的银行,所以每家商馆都要有自己的银库,银库上有坚厚的石墙壁和坚固的铁门,银库的前面有铺砌平整的空地,空地上必备有天平和砝码。这些都是银钱交易的设备。

商馆的银库里存放所有的现款和贵重物品。有些商馆银库里的银钱数额很大,经常超过100万元。在贸易的淡季,商馆的主要账本,所有重要的函件、信函本也放在银库里面。由于当时中美贸易的差额大大有利于中国,美国方面每年都把大量的西班牙银元和墨西哥银元输入中国,以平衡由于其他出口货物相对较少所造成的逆差。

茶叶、丝织品及其他货物,都必须用现金买进然后运出,因此每一艘美国船都带来大量的银元。除此之外,鸦片一直是现金交易的,还有伦敦的汇票也开始使用。总之,所有这些款项主要是由买办经手。他从鉴定银钱中得到收益,这些都在银钱入库之前进行。但是一经鉴定,即行存库，以后如有短少或发现假洋，都由他负责。而买办则向鉴定银元质量的看银师支付费用。

至于看银师，也就是鉴别银钱的人，或称"银师"，他们也是外商不能缺少的人物，尤其是在收款的时候。他们每日都出现在商馆宽敞的拱形通道中，在这里，成堆的白银正在被检验，白银放进铜秤盘里，又被取出，锵然有声。这是一百多年前旧广州十三行的生活中每日每时不可或缺的、炫目的伴随物。

银块与银元在入库之前必须经过鉴定并过秤。其实那时候的日常生活中除了铜钱之外别无其他硬币，人们对铜钱已很熟悉，但它仅用于百姓日常生活，除了货币兑换商用来增加其储备外，在重大的交易中从不使用铜钱。铜钱的正面铸着铸钱时在位皇帝的年号，并有"通宝"两字。但商业需要更大价值的代表，故通常使用便于携带的金条或银锭。据记载，那时候的金条较银锭小，平均每块10两，作长方形。纹银作椭圆形，通称马蹄银，大小及价值不一。对这些用于贸易的金条、银锭的铸造，政府不加干涉。看银师或铸造银锭的钱庄在上面打上戳记，以担保其质量。

由于中国国内没有金银硬币，其结果自然是外国银元流入。看银师们对这些外国银元每经过一次手就称一次，打上一个戳记，用广州话来说便成了"戳洋"或"戳钱"。第一次的"戳记"是看银师在检验时加的，以保证其质量。如果看银师加戳的钱经过检查，确属不好时，可以兑换，不过这种情形极其罕见。

任何人都可以把任何数量的金银送到看银师那里鉴定。但遇必要时，他们也去外国商馆、行商及其他顾客那里鉴定。手续费是很少的，但经年累月，过手的银钱多得无法计算，因为一切交易都是用钱或其他的代用物。看银师同时又是兑换银子的银商，需要时他们可以提供戳洋或金子——他们还是银行家，经营贷款或存款业务。亨特在《广州番鬼录》里记载说，当时看银师的店铺"用褐色的地砖铺地，到了年底他们将换地砖的权利出卖，因为砖缝中往往有不少的银屑，得此权利者自己出钱将砖换好。我听说有人曾出到50两银（约70元）来购买重要看银师的铺子换地砖的权利"。

民国后，十三行路一带出现一批钱银业企业，故当时广州人又把"十三行"作为钱银业的代名词。该处钱银庄以炒买炒卖金、银、货币为业。该地还有不少摆在马路两旁,只设一个玻璃柜、一个算盘便经营的钱银档,广州人把这些钱档叫作"剃刀门楣"。这些钱银档在折算找换货币过程中,折低买入,抬高卖出,靠着这样出刮入刮而谋利。

直至广州解放初期,此地仍有商业钱庄49家,商业银行2家(上海商业储蓄银行广州分行、国华商业银行广州分行),没有牌照的地下钱庄近80家。1949年广州解放,是年12月5日,市人民政府取缔扰乱金融市场的非法钱庄,组织了警备公安部队、工人、学生共2000多人,于当天下午2时许,突击而有秩序地扫荡了十三行路一带非法钱庄。

此后,十三行地区开始了正常的商贸活动,成为繁华的商业区及旅游区。

逛一通沙面

迄今为止,最爱专程到沙面去溜达一圈的,还是洋人居多。谁知道是哪些识途老马给他们指的路,反正来了差不多都知道往那儿跑。我总是怀着一颗小人之心揣测他们是不是来这儿缅怀他们的租界来了?

第一次鸦片战争前,以英国为首的那帮洋商只能在十三行商馆区租房子住。打完一仗之后就憋着要扩大租地,当时耆英也租了一块地给他们,划定东至西濠口,西到新豆栏街,北到十三行街,南到珠江边的一大片。说好租期是25年,租金是每年6000块银洋。这么便宜的租金实际上等于白送,一艘船拉来的货也不止赚这个数。有了这块地落脚,十三行地区慢慢开始变成了洋行集中和外国人聚居的地方。

说起来也不知是不是凑巧，第二次鸦片战争刚打起来的时候，十三行洋人商馆区就被一把火给烧得差不多干干净净，结果英法联军攻陷广州之后就开始忙着找新地方落脚，这回是瞄上了沙面：沙面就在珠江白鹅潭的旁边，是黄埔港进广州的必经之地；水面又宽，还可以停军舰，而且是不会引起业主纠纷的水旁官地；还有一个好处——只要挖一条河涌和陆地隔开，筑桥相通，就可以自成一个独立的小天地。这么个好地方，当然是非"借"不可。最后，当然硬是给"借"来了。而且窝囊的是，沙面的河滨地基填筑工程的费用，是从英法两国攻广州城时向广州当局敲来的那笔"赎城费"里扣的。

之后，英国人和法国人就开始在沙面又是填土又是砌岸，又是挖河涌又是修桥地合着伙干开了。整个工程耗资32.5万墨西哥元，英国分摊五分之四，法国分摊五分之一，租地的面积也按这个比例划分。1861年9月，英法两国官员分别和两广总督劳崇光签订正式租约，沙面成为英、法租界。

签订租界租约的第二天，英国驻广州领事奉英政府之命，扭头就把英租界划成了82个区，按地段不同标价，每区3500~9000元，向所有在广州的外国人出售，一共卖了52个区，转手就特别麻利地赚了24.8万元。其他的地段则由英国人掌握，用来建领事馆、教堂之类。

英租界分区卖出之后，一众业主就开始忙活起来，英国人也开始划地建领事馆。到了1865年，沙面的英租界已经初具规模，英国领事馆首先搬进了沙面，随后美、葡、德、日等国的领事馆也相继搬了进去。许多原来设在十三行的外国洋行也开始迁到沙面设立分行，沙面的英租界开始热闹起来。

英租界这边忙得热火朝天时，法国人也正忙着在原来的两广总督署所在地建一座哥特式的天主教堂（就是现在一德中路那边的石室）。一直折腾到1888年，建完了石室，法国人才腾出手来在沙面建领事馆和东方汇理银行广州分行。1889年10月，法国政府才将他们在沙面的其余土地进行拍卖。在1890年法领馆搬进沙面后，法租界才开始热闹起来。

到了十九世纪末，沙面租界已经"俨然是独立于广州城之外的另一个外国城市"。当时，外国人可以从码头进入沙面，无须经过中国海关。英国人和法国人在沙面陆续建了电厂、水厂、水塔、邮政局、电报局、医院，消防班和清洁队也一应俱全；沿江公园、羽毛球场、游泳池、足球场、网球场、露天音乐台、影剧院什么的，样样不缺；教堂和教士寓所、教会兴办的学校，也都没有落下。

那个时候在沙面租界里先后设有九家外国银行，四十多家洋行和企业的公司、分行、支行、办事处和代理处，几乎完全控制了广州的进出口贸易。租界里还有各种民间商会组织，如美国商人的扶轮会，英国商人的英商会、群英会等，目的是协调各国洋商间的利益；而各国商行的外商联合会，则代表洋商向中国政府交涉有关商务事宜。

平心而论，沙面到现在都还是个好地方：四面环水的一个微型岛，绿草如茵，还可看到老榕树。从前的租界在那里，林林总总的旧洋房，开一个百年之前的西方建筑风格小型博览会是够数的了。广州人的第一家五星级酒店白天鹅宾馆也往那里建。

一直认为白天鹅宾馆临江那一面的餐厅是白天枯坐的好去处。透过巨幅的玻璃俯视宽阔的江面，晒着太阳，看着新的船、旧的艇来来去去。你可以不抱什么希望地期待着也许会有一艘过去的船鼓着巨大的帆驶过。帆船驶过时，那巨大而破旧的帆影滑过脸颊的感受是如此清晰，令我一直在狐疑和纳闷：究竟是在幻觉和臆想中见过它们，还是在儿时真真切切地见过它们。

孩童的时候，有一段时间我必须天天到沙面的室内泳馆去进行枯燥而寂寞的游泳训练。我一直疑心我是在那个时候见过帆船的，训练完毕之后试探性地在这个岛上乱走，赫然见到那样的庞然大物寂静无声地在江上滑过，幼小的心灵才会深受震撼。

成年之后再去沙面，完全对那里的简陋酒吧没有任何兴趣，更不用提的是专做外国游客生意的那几家摆满临摹得花花绿绿的农民画和琳琅满目杂碎的小铺。许多的老洋房里窘迫地住了很多户人家，里面甚至有我的高中同学。

如果一定要深究对沙面的感觉，我总是很不确定地认为孩童时有个人曾经在那些榕树的须根和浓密的绿荫下仰着头站过，很确定地知道直到现在这个人还是不抱希望地指望着再看见一艘庞大的帆船，它从过去驶来，鼓着巨大的帆。

巨大的帆影，无声无息地滑过。

跋

历史对于某些人来说是件头痛的事,比如说我。

虽然一直生活在广州,从幼儿园、小学、中学、大学直到工作,并且家住西关,但我对广州的认识,一直是被动的。对老广州系统的认识始于要写这本书。这本书是在战战兢兢和拼命补习的状态下完成的,直到最后交稿,心里面还是直犯嘀咕。

当年这本书的责编顾华明先生为了书稿,在将近春节的年廿六飞抵广州,效率奇高地进行他的联系和资料收集工作,而那时候我虽然还在上班,但满脑子正兴高采烈地盘算着如何欢度春节。他的敬业精神令我为自己感到惭愧。然后我见到他娇小迷人的太太,在她出差来参加广交会的时候,为了赶时间而给我背来沉重的一大沓资料。

要衷心感谢的有胡一刀、祥子、黄茵、陈方远、素素和徐敏，中山图书馆特藏部的蒋志华小姐和倪俊明先生，还有我的同事黄泽梁先生和杜耀华小姐。——为了写这本书，我大肆"骚扰"了不少熟识或不熟识的朋友，他们为我寻找和提供了许多参考书和资料，或者回答我冷不防提出的许多乱七八糟或古怪可笑的问题。

不知道读者会怎么看这本书，不过，它肯定不是一本历史书，它只是我个人对老广州的感觉和看法。如果有朋友来广州，如果他们有兴趣，我会这样地向他们说起广州，那个曾经在珠江上有帆影，江岸上有屐声和小吃，有着那种老旧而特别风情的广州。

燠热、四季暧昧然而长年青绿，飘荡着白兰、茉莉、白蝉和鸡蛋花香……这便是我记忆中和我所知道的广州。

黄爱东西
1999年6月1日　初稿于广州
2013年3月8日　修订于广州
2024年1月9日　修订于广州